Werner Siegert

Der Tod ist keine Frau

Roman

Werner Siegert

Der Tod ist keine Frau

Roman

edition fischer
im
R. G. Fischer Verlag

CIP-Titelaufnahme der Deutschen Bibliothek

Siegert, Werner:
Der Tod ist keine Frau : Roman / Werner
Siegert. – Frankfurt (Main) : R. G. Fischer,
1990
(Edition Fischer)
ISBN 3-89406-210-X

Wilhelmshöher Straße 39, D-6000 Frankfurt 60

Satz: Satz-Service W. Niederland, Frankfurt
Umschlagfoto (Reprographie): Carl Wilhelm von Einem
Herstellung: Ernst Grässer, Karlsruhe
Printed in Germany
ISBN 3-89406-210-X

In
Dankbarkeit
für
Madlon

Inhaltsverzeichnis

– I –

Eine flüchtige Begegnung

Wollte ich mich heute daran erinnern, wie hoch die alte Burg über dem Dorf lag, könnte ich es mir nicht genauer ins Gedächtnis zurückrufen als durch diese Beschreibung: Man konnte von oben erkennen, daß ein Mädchen unten zwischen den Häusern und Ställen hindurchlief und heraufwinkte. Und daß es eine weiße Bluse anhatte. Denn dieses Bild hat sich mir tief eingeprägt.

Ein Mädchen – oder erkannte ich eine junge Frau? – kam hinter den Häusern hervor, lief einige schnelle Schritte an der alten Scheune vom Jennerbauer entlang, blickte nach oben zu mir. Ich stand ganz zufällig, um meinen Augen einen Moment der Erholung zu gönnen, am offenen Fenster. Sie winkte und nahm dann mit hastigen Sprüngen den Abkürzungspfad über den Wiesenhang.

Ich erwartete keinen Besuch. Ich erwartete keine junge Dame. Ich erwartete in dieser von Hinfälligkeit zernagten Klause überhaupt niemanden – es sei denn...mich selbst. Und dennoch zweifelte ich nicht eine Sekunde, daß das Winken mir gegolten hatte und dieses Mädchen bald vor mir stehen würde, ein wenig keuchend – denn der Hang war steil – mit lachsroten Wangen und aufgelöstem Haar. Irgendein Zauber, eine magische Wolke (wenn es so etwas geben sollte), ein Zukunftshologramm ließ mich mit absoluter Transparenz im voraus erkennen, was sich – vor einer Sekunde noch jeglicher Phantasie entrückt – hier gleich abspielen würde. Ich wußte, daß wir uns in die Arme schließen und ein langer, vieles erzählender Kuß eine ebenso köstliche wie geheimnisvolle Schlinge um uns ziehen würde. Ja, ich war dessen so sicher, daß ich hastig begann, dies und jenes zu ordnen, nicht um irgend etwas zu verbergen, sondern um dieser Frau ein schöneres Willkommen zu bieten.

Wenn ich von einer Burg geschrieben habe, dann mag das zu Mißverständnissen Anlaß geben. Hier oben wohnten heutzutage die Ausgeflippten, die Unsteten, die Gescheiterten, die Flüchtlinge der Gesellschaft. Hier oben wohnten eigentlich die, die unten waren.

Unten im Dorf war das geregelte Leben. Waren die geordneten Vermögensverhältnisse, war das Eigentum ordentlich vermessen und im Kataster eingezeichnet. Da gab es noch Alteingesessene, Menschen, deren Haut von der Arbeit auf dem Felde gegerbt und deren Rücken vom Pflanzen, Jäten, Ernten und Tragen gekrümmt wurde. Meist waren sie nicht über die nähere Umgebung hinausgekommen. Vielleicht hatte irgendein splendabler Firmpate sie mal zu einer Reise nach Salzburg oder gar München eingeladen. Aber dort war ganz sicher für viele von ihnen die Welt zuende, und das genügte ihnen auch. Natürlich knatterten gelegentlich schon Mopeds über das Kopfsteinpflaster. Auch schwere Maschinen heulten auf, wenn die Jüngeren von der Arbeit in den umliegenden Gewerbestädtchen zurückkehrten oder – später dann – zu Disco, Kino und Imponierkorso wieder abbrausten. Alles ging tagaus, tagein seinen Lauf.

Die Burg- oder Schloßherren lebten schon längst nicht mehr. Kein Adliger trug – soweit mir bekannt war – heute noch den Namen dieses vergammelten Anwesens, das einst Herrschaftssitz, Zollstätte und Raubritterburg, später Jagdschloß und Refugium wilder oder auch verträumter Grafen war. Das Geschlecht verarmte. Mit der Ökonomie hat es offensichtlich ebenso gehapert wie mit der politischen Klugheit und der Heiratsstrategie. Irgendwann hat es sich dann endgültig auf die falsche Seite geschlagen. Ein besonders Widerspenstiger wurde eingekerkert und enthauptet, jedenfalls erzählte man sich das. Der Besitz wurde zerschlagen, verschleudert und geplündert. Später suchten wechselnde Herrschaften die restlichen Baulichkeiten zu nutzen. So dienten sie als hoheitliche Verwaltungsräume, als Hofhaltung des Gauleiters, als Unterstellräume für Kunstgegenstände, als Fliegerleitstelle im Krieg, als Garnisonsgefechtsstelle, als Flüchtlingslager, als Kommandantur der einrückenden Amerikaner, als Puff, als Umschlagplatz einer Schwarzmarktmafia mit dicken, protzigen Ami-Schlitten. Dann war einer ebenso spinnert wie eloquent, daß er die Gemeinde für den Plan zu begeistern vermochte, den Burghof für Freilichtaufführungen zu nutzen und durch jährliche Ritterfestspiele Weltruf zu erlangen. In der Tat, die Komparserie war ja schon da; denn insgesamt kann man an der Aufzählung unschwer erkennen, daß das Burgschloß stets seiner Bestimmung treu geblieben war, von jenen bewohnt zu werden, die sich auf die falsche Seite geschlagen hatten.

Daran hatte sich bis zum heutigen Tage nichts geändert. 17 Namensschilder, deren Internationalität sich nicht nur durch Schreibweise und Wortklang, sondern auch durch ihre Sorgfalt oder Unbekümmertheit verrieten, wiesen den Besucher z.B. »Treppe ganz hoch, unter Dach, fünftes Türr links«. Auch einige Klingeldrähte verwurstelten sich zur Gewölbedecke, als habe man bunte Spaghetti mit einer Gabel emporgezerrt. Einige stammten sicher noch von der deutschen Wehrmacht, andere aus US-Beständen. Meist war die Klingel jedoch nur Statussymbol. Der Draht endete im Nirgendwo. Die Fortsetzung diente wahrscheinlich längst im Hof als Wäscheleine. So, das mag genügen, um dem Ruch zu entkommen, diese Geschichte entspringe im Schloßherrenmilieu und die Gänsemagd schicke sich gerade an, den feschen Junker zu verliebäugeln.

Übrigens – die Miete zahlte man an die Gemeinde. Es war eher eine symbolische Handlung, denn die Summe war der Rede nicht wert. Stets in der Hoffnung, es verirre sich eines Tages ein stinkreicher Amerikaner nach T. und wolle ein echtes deutsches »castle« kaufen, es zerlegt, Stein für Stein numeriert und verpackt nach Texas schicken oder an Ort und Stelle zu einem romantischen Hotel und Party-Place ausbauen, ließen sich die Gemeindeväter stets auch die Erklärung unterschreiben, monatliche Kündigung sei vereinbart.

Hatte ich mich auch auf die falsche Seite geschlagen? Dies zu beantworten, überlasse ich meinen späteren Leben. Diese Geschichte ließ es zunächst vermuten. Zwei der ehemaligen Prunkräume hatte ich billigst von einem Maler übernommen, der hier Zuflucht gesucht hatte, aber seines Rheumas wegen seinerseits wieder die Flucht antreten mußte. Überhaupt, so glaube ich, war das Rheuma einer der strengsten Herrscher unter dem schwammsüchtigen Gebälk. Man war auf elektrische Heizungen angewiesen, hier jedoch zu niedrigen Anschlußwerten gezwungen, weil die Installation abenteuerlich genannt werden mußte. Uralte Steckdosen, teils noch aus vielfach gesplittertem Porcellan (mit »c«!) und nur in meinen Rittersälen als Hinterlassenschaft der Army bereits aus häßlichem Bakkelit, wiesen jeden Schucostecker von sich. Brände brachen wohl nur deshalb nicht aus, weil dafür nun wirklich alles zu feucht war.

Warum mietete man eine solche Bruchbude? Dafür gab es drei überzeugende Argumente. Eines und das wichtigste breitete sich vor dem Betrachter aus, wenn er aus den Fenstern weit in die Landschaft schaute, bei Föhn bis tief ins Gebirge. Heute, an diesem Maientag über die prangende Baumblüte, über das strotzende Frühlingsgrün bis zu den näheren Höhenzügen, von denen schlanke Barockzwiebeltürme herübergrüßten. Wer hier aus dem Fenster sah, pflegte sofort zu fragen »Ist hier noch etwas frei?« und hielt den Bewohner fortan tatsächlich für einen Schloßgrafen. Der zweite Grund, hier dem Gliederreißen zu trotzen, war die Abgeschiedenheit ohne Telefon – eine Fluchtburg für Kreativität. Und drittens war es ein herrliches Gefühl, wenn man in den Büros der nicht gar zu nahen Großstadt München saß, sich sagen zu können: Ich kann jederzeit »auf mein Schloß« fahren, und dann könnt ihr mich alle mal. Allerdings mußte man der Verlockung widerstehen, irgend jemandem ein Sterbenswörtchen von diesem Paradies zu verraten oder auch nur eine Andeutung zuviel auszuplaudern.

Wie ich dennoch auf die fixe Idee kommen konnte, das Mädchen habe mir zugewunken und wolle zu mir – ich weiß es bis heute nicht. Für Bruchteile von Sekunden, für irrlichternde Gedankenblitze, brach in mir sogar die Vorstellung aus, so komme der Tod daher. Er biege plötzlich um die Ecke und winke so eindeutig, daß es gar keinen Zweck habe, sich umzusehen, ob nicht doch ein anderer gemeint sein könne, und erwische einen ganz kalt, ohne verabredet, ohne vorangemeldet zu sein, vorgelassen zu jeder Stunde. Aber der Tod ist wohl keine junge, durch Wiesengrün springende Frau – und wenn es so wäre, dann wollte ich mit ihr in einem letzten Orgasmus davonstieben.

Immerhin, schon beim ersten Gewahrwerden dieser Fee hatte sich bei mir jeder Gedanke an meine Arbeit davongestohlen. Meine Hand wurde unsicher, die Farbe anzumischen. Das Papier war schon wieder zu trocken, und mein Herz pulste zu rasch, als daß ich noch hätte ertragen können, daß dieses Mädchen zu einer der 16 anderen Wohnungen gegangen wäre.

Muß ich zu dem illustren Völkchen noch etwas sagen, das sich unter diesem windschiefen Dach zusammengefunden hatte? An einem Tag wie diesem, in dieser frühen Nachmittagsstunde, mischten sich die Schreie spielender Kinder mit dem Keifen mißgünstiger Vetteln, aber gelegentlich auch mit dem ekstatischen Quieken wenig verborgener Lust-Spiele. Wozu sie verheimlichen, wenn sie in Wirklichkeit von den drallen Weibern mit unverhohlenem Stolz kundgetan wurden: Schau her, meiner treibt es noch mit mir!

Auf einmal spürte ich ganz deutlich, daß jemand näher und näher kam. Nicht daß ich durch das Brodeln des Milieus irgendeinen Stapfer hätte hören können. Auch war niemand aus meinem Fenster auszumachen, der näher als hundert Meter an die abblätternden, morbiden Mauern herangekommen war. Nein, es war einfach die Nähe dieses Menschen, diese unaufhaltsam auf mich zukommende Begegnung, die mir Herzklopfen bereitete. Mehr noch als Herzklopfen, es war eine Angst, eine eigenartige Aura, ein Magnetfeld, in das ich geraten war und aus dem es kein Entrinnen gab. Wenn so etwas möglich wäre, so mußte sich wohl das Feld elektrischer Wellen, das mich umgab, innert Sekunden anders gepolt haben. Ich hätte mich nicht gewundert, wäre ein Bild von der Wand gefallen, ja, nicht einmal, wenn es sich von selber wieder aufgehängt hätte. Obwohl die Sonne durchs Fenster schien, erwartete ich einen Donnerschlag. Die Erde hätte beben können. Und dann war dieses ganz normale Klopfen.

Exakt zu dem Zeitpunkt, zu dem es kommen mußte. Die Tür öffnete sich. Ich weiß nicht mehr, ob ich überhaupt »herein« gesagt hatte. Die junge Frau ging auf mich zu, schaute mich mit ihren großen Augen an, umarmte mich wortlos, und wir versanken in einem langen, schwindelhaften Kuß. Wir ließen nicht voneinander. Die Wärme ihres Körpers floß in mich über. Beide hatten wir – wie wir uns später bekannten – eine Scheu, durch irgendwelche Sätze dieses dichte Leben, diesen innigen Augenblick zu stören.

Nein, der Tod ist keine Frau, wie ich sie hier in meinen Armen hielt, eine Frau mit diesem herrlichen Duft nach Weiblichkeit. Eine solche Frau gibt Leben – und ich trank dieses Leben in mich hinein.

Als wir uns voneinander lösten, sagte sie nur »Hans, da bin ich, endlich!« Dann ging sie zum Fenster und ließ den Mai und die ganze liebliche Landschaft in sich hinein, wandte sich dann mit einer entschlossenen Kopfbewegung zu mir und sagte:

»Und hier bleibe ich jetzt! Darf ich doch? Oder?«

Ich hörte mich sagen »Wie schön! Wie schön, daß Du gekommen bist!« Dabei raste es in meinem Gehirn. Ich wußte zu ein und derselben Sekunde, daß ich diese Frau nicht kannte – und daß sie mir Zeit meines Lebens vertraut war! Ich konnte sie nicht mit Namen anreden, aber es gab zwischen uns sofort eine innige Verbundenheit. Stutzig wurde ich noch mehr, als sie mich, ein paar achtlos durcheinanderliegende Aquarelle durchblätternd, nach einem ganz bestimmten Bild fragte. Und gerade dieses hatte ich noch niemandem gezeigt.

Ich wankte, ergriff die Tischplatte, krallte mich dort fest, bis ich Schmerzen spürte, weil mich doch Zweifel beschlichen, ob mich dieser Engel vielleicht schon weggeholt hatte und der Tod zwar keine Frau, aber eben doch ein Engel sei. Brücken, verläßliche Brücken zu meinem Leben suchte ich und nahm den Schmetterling dafür, der sich für wenige ruhige Flügelschläge auf dem Fensterbrett niedergelassen hatte.

»Annemarie«, sagte ich plötzlich, »Annemarie, darf ich Dir einen Kaffee machen, nach Deiner langen Reise?«

Nie hatte ich bewußt eine Annemarie gekannt. Aber der Name kam wie selbstverständlich über die Zunge. Sie lächelte scheu, warf mir einen fragenden Blick zu und sagte ganz leise »ja«. Dann trat sie wieder auf mich zu, um mich noch einmal innig zu umarmen.

»Ich bin ja so glücklich, wieder bei Dir zu sein! So glücklich, Dich gefunden zu haben!«

Wieder ging sie zum Fenster. Mit dem Wassertopf zu hantieren, kaltes Wasser einströmen zu hören, die Kochplatte einzustöpseln, die Tassen aus dem Regal zu holen, das alles waren Tätigkeiten für mich, die mir ungeheuer wichtig wurden, bestätigten sie mir doch, noch am Leben zu sein. Und vor allem bestätigten sie mir auch, daß diese junge Frau, dieses strahlende Mädchen lebendig war, Fleisch und Blut – und nicht nur Phantasie.

»Wir müssen meine Tasche nachher noch vom Brückenwirt holen. Ich dachte, Du zeigst mir die Gegend, und wir machen einen Spaziergang. Auf dem Rückweg holen wir die Sachen ab.«

Immer wieder schaute ich sie an. Eine schöne, vitale, junge Frau. Ihr langes, dunkel-glänzendes Haar war vom Wind strähnig verweht. Sie war barfuß in ihren Sandaletten. Aber wer war sie? Wer?

Immer, wenn ich ansetzte zu fragen, verschlossen sich meine Lippen. Als ob ich, wie in einem Märchen, zum Schweigen verdammt wäre.

Glaubte ich an ein Leben nach dem Tode? An eine Wiederkehr? Ich hatte viele Bücher darüber gelesen und war immer skeptischer geworden. Die Autoren hatten sich, so meinte ich es zu spüren, mit irgendwelchen Floskeln als Wichtigtuer und Scharlatane verraten.

Um ihr aus einer schweren Depression herauszuhelfen, hatte ich mich einmal mit einer Frau verabredet. Für den Fall, daß wir noch einmal leben würden, wollte ich sie mit ihren Lieblingsblumen, einem Strauß von zartrosa Rosen und weißen Freesien an einem Denkmal auf dem Roßmarkt in Frankfurt wiedertreffen. Sie war kurz darauf so schmerzhaft jung an Krebs gestorben. Sie hieß Michaela. Nicht Annemarie.

In einer meiner Novellen, die ich schreibend durchlitten hatte, war Barbara plötzlich verschwunden. Zur Konditorei gegangen und nicht mehr wiedergekommen. Auch Lelia kreuzte so meinen Weg und verschwand in ein hoffentlich schönes Leben.

Häufig war es mir passiert, daß ich in der S-Bahn oder auf der Straße plötzlich in ein Frauengesicht schaute, das mir ungeheuer vertraut schien – im doppelten Sinne dieses Adverbs: ungeheuer war mir dabei. Auch dann raste mein Herz – aber nie so wie heute. Übrigens: Nie war mir das bisher bei einem Mann passiert.

Gut, ich versuchte, diesem Phänomen mit psychologischen Erklärungen auf die Spur zu kommen, und es gab viele, teils wenig schmeichelhafte Deutungen, zu denen sich ein Mann gar nicht leicht bekennt. Und jetzt – Annemarie?

Ich deckte ihr einen Platz am Fenster. Stellte den Wiesenstrauß dazu, den ich morgens vom Jogging mitgebracht hatte. In der alten Kaffeedose hatte ich noch ein paar Kekse.

»Und Du?« fragte sie.

»Ich? Ich kann vor Aufregung gar nichts essen oder trinken. Ich muß Dich einfach immer wieder anschauen. Und anfassen. Ganz einfach anfassen muß ich Dich!« Dabei strich ich immer wieder über ihr Haar, ließ es durch meine Hände fließen und küßte sie ganz sanft in den Nacken. Sie wehrte es nicht. Das »Du« floß mir ohne jedes Zögern von den Lippen.

»Freust Du Dich?« fragte sie mich. Und nie habe ich ehrlicher »ja« gesagt.

So sehr mir dieses »Ja« aus dem tiefsten Herzen kam, so fühlbar war die Anspannung in mir. Denn in dieser Begegnung gab es so gar keine Belanglosigkeiten. Jede Geste, jeder Blick, jedes Wort wog für mich bedeutungsschwer, während meine Besucherin ganz im Gegensatz dazu einen überaus entspannten, sehr fröhlichen, fast ausgelassenen Eindruck machte. Immer wieder wurde mir unbehaglich, wenn sie mich sehr präzise nach meiner Arbeit fragte, Details nannte, die nur jemand wissen konnte, der mir jahrelang über die Schulter geschaut hat. Wieder und wieder formten sich auf meinen Lippen Sätze wie »Annemarie, woher weißt Du das alles?« oder »Wer, zum Teufel, bist Du denn?«. Aber so, wie man in Todesangst kein Wort herausbringt, preßten sich meine Lippen zusammen, wann immer ich diesem Rätsel auf die Spur kommen wollte.

Schließlich, bei einer ganz und gar menschlichen und weiblichen Situation, glaubte ich für einen Moment, dieses Geheimnis geradezu lachhaft einfach entschlüsselt zu haben: Annemarie war mit sicheren Schritten zu meiner Mini-Toilette gegangen. Dazu mußte sie immerhin mein Schreib- und Schlafzimmer durchqueren. Ich hatte aus sehr praktischen Gründen Schreiben und Malen getrennt. Hier lagen die vielen gescheiterten Versuche, etwas in Farben auszudrücken, drüben war der Boden rings um den kleinen Erker mit Manuskriptblättern übersät. Mein Bett war unordentlich aufgeschlagen. Es zu machen, schien mir hier überflüssig, denn Schlafenszeit durfte mich hier jederzeit überfallen. Vor allem bei Regen und Nebel schlief ich häufig tagsüber und fieberte dafür nachts über diesen und jenen Papieren. Fast in der Mitte der großen Außenwand verdankte ich dem Sanitärwahn der US-Army eine Naßzelle, einen von außen überaus häßlichen, funktionalen Anbau, der jedem Denkmalsschutz Hohn sprach. In Backstein bis zur Dachkante hochgezogen, nicht verputzt und eindeutig in seinem Zweck erkennbar: kein Bergfried, sondern ein Donnerturm mit Wasserspielen, um wenigstens verbal einigermaßen romantisch zu bleiben.

Hierhin war Annemarie, oder wie meine himmlische Besucherin hieß, mit schlafwandlerischer Sicherheit entschwunden. Keine der üblichen Fragen »Wo ist, bitteschön...« oder »Darf ich mal...?« die Nase pudern. Nein, sie setzte die Schritte, als könne sie den Weg auch im Dunkeln finden.

Und da durchschoß mich der schalkhafte Gedanke, ob sie vielleicht eine Freundin des Malers sei, der vor mir war. Ob sie vielleicht hoffnungslos kurzsichtig und ebenso eitel war, so daß sie keine Brille trug. Daß sie mich mit Martinicz, meinem Vorgänger, verwechselte, den das Rheuma vertrieben hatte? Vielleicht hieß er auch Hans? Denn so hatte sie mich zumindest einmal angeredet. Welch' eine Desillusionierung!!!

Welch' lachhaftes Komödienspiel, reif für eine Posse der bisher gescheiterten Burgfestspiele. Das Mittelalter hätte sich an einem solchen Stoff in Opern ergötzt!

Aber hatte sie mich nicht nach meinen Arbeiten gefragt? Und nach jenem Bild, das ich bis heute in die hinterste Ecke verbannt hatte, weil es mich immer wieder aufs äußerste beunruhigte? Diese Auseinandersetzung mit Dingen zwischen Himmel und Erde, von denen sich eben meine Schulweisheit nichts träumen ließ und auch nichts träumen lassen wollte, brachte mich noch – so fühlte ich es jedenfalls – an den Rand des Irrsinns. Ich nahm meine Zuflucht zu Erklärungen derart, daß ich ja auch schon oft durch Landschaften und Städte gefahren bin, ja, mich in Gebäuden aufgehalten habe, in denen ich mich so zuhause gefühlt habe, als sei ich dort geboren oder aufgewachsen, obwohl ich tatsächlich nie vorher in meinem Leben dort gewesen sein konnte. Auch hatte ich schon fremde Wohnungen betreten, in denen mir die Räume, ja, die Schränke und Bilder äußerst vertraut vorgekommen waren. »Dejavus« nannte man das ja wohl.

Warum sollte es Annemarie nicht ebenso ergehen? Vielleicht hatte sie in einem ihrer früheren Leben als Burgfräulein hier gelebt? War sie eine verwunschene Prinzessin? Ein gar liebliches Burggespenst? Für eine Kolportage ein trefflicher Entwurf!

Jede Frau, die sich ausgehfertig macht, kämmt ihre Haare. Annemarie aber kam zerzaust, wie sie war, aus dem kleinen Boudouir zurück. Nur ein wenig mehr Stolz hatte sie aufgelegt, und sie riß mich durch ihre blutvolle Gegenwart und die erotische Ausstrahlung ihrer ganzen Persönlichkeit radikal aus meinen Gedanken. Ja, ich verscheuchte jetzt jeden Versuch einer Analyse des phantastischen Geschehens und beschloß, mich mit vollen Herzen und erwiderter Schalkhaftigkeit in dieses Abenteuer zu stürzen. Mochte sie sein, wer sie ist, ein solch unverhofftes Geschenk des Himmels durfte man nicht verschmähen. So gesehen hätte ich sie Dorothea = Gottesgeschenk taufen müssen. Und ich wollte probieren, wie weit sie und die Götter mitspielen würden.

So schlenderten wir Hand in Hand, wie frisch Verliebte, den romantischen Bachsteg hinunter. Das plätschernde Wasser hatte früher den Burggraben gefüllt und so den Zugang von der Bergseite erschwert. Jetzt rauschte der Bach in kleinen Kaskaden zu Tale. Leider von den gräßlichen Spuren der Plastikgesellschaft gesäumt, über die das junge Maigrün nur einen schütteren Schleier zu legen vermochte.

Lange Zeit liefen wir schweigend nebeneinander her. Längst waren wir vom eigentlichen Ziel, die Koffer zu holen, abgekommen. Auf steinigen Feldwegen folgten wir den üppig grünenden Wiesen und Rainen. Eine »sentimental journey« dachte ich, in Erinnerung an einen Erfolgsschlager meiner Pennälerzeit. Aber war dies wirklich sentimental? Beim Anblick der vielen Millionen Pusteblumen zurückzukehren in jene frühen Jahre, in denen eine Pusteblume für mich noch eine Pusteblume und kein abgeblühter Löwenzahn war? In denen Glockenblumen noch von Elfen bewohnt wurden, wie ich sie auf einem meiner Lieblingskinderbücher abgebildet fand? Woher kamen diese Erinnerungen ausgerechnet in der Begleitung dieser jungen Frau? War das nicht zu wenig männlich?

»Ich möchte sehen lernen, wie Du siehst!« sagte sie unvermittelt, als habe sie versucht, in meinen Gedanken zu lesen.«Ich will die Dinge wahrnehmen, wie Du sie wahrnimmst.«

»Aber warum?« fragte ich. »Warum willst Du, als Frau, mit meinen Augen sehen? Wo doch das Weibliche in Dir nicht nur die Augen viel weiter öffnet, sondern Deine Sinne insgesamt. Während ich als Mann ständig an meine Grenzen stoße.«

Und dann floß ganz spontan ein Satz aus meinem Mund,

den ich nie bewußt erdacht hatte und der mich selbst aufs äußerste berührte:

»Für mich sind meine künstlerischen Versuche allesamt eine einzige erotische Begegnung mit dem Weiblichen, indem ich mich fast verzweifelt bemühe, die Welt so zu erahnen, wie eine Frau sie sehen könnte. Das, was mir von meiner Natur lebenslang verschlossen bleibt, will ich durch Striche, Farben, Konturen, durch Wörter und Sätze wenigstens in Schemen darzustellen versuchen...«

»...und bist dabei so tief in mein Inneres vorgedrungen, daß ich mich zutiefst beunruhigt fand. Du hast übersetzt, was ich selbst von mir nur ahnte, aber bei Dir in aller Klarheit wiederzuerkennen vermochte! Das war es ja, was mich nicht ruhen ließ, den Weg zu Dir zu suchen.«

»Und wie hast Du ihn gefunden?«

»Für jemanden, der so intensiv mitzuschwingen beginnt, war die Spur unverkennbar, die Du selbst gelegt hast. Sei ehrlich, Dein Rückzug hier in diese Einsamkeit war doch zugleich ein Schrei nach Menschen, die Dich verstehen. Natürlich verborgen in einer Art Code, den zu entschlüsseln nur jemand vermag, der auf derselben Wellenlänge Botschaften zu empfangen in der Lage ist.«

»Nach e i n e m Menschen!« korrigierte ich. »Und deshalb wußte ich, als ich Dich zwischen Scheune und Haus auftauchen sah, daß Du dieser Mensch sein mußtest und daß Du zu mir kommen würdest!« Ich wußte nicht einmal, ob das gelogen war.

»Aber Du kennst mich nicht?!«

»Nicht Deinen Namen!«

»Du weißt also, daß ich nicht Annemarie heiße...«

»Ich nannte Dich so...«

»...und ich finde den Namen gut. Er engt mich nicht ein. Verpflichtet nicht. Ist kein Programm.«

»Wer bist Du dann?«

Verschmitzt lächelte sie mich an: »Wenn Du lieb bist, sage ich es Dir in der zweiten Hälfte der Nacht!«

»Wozu dieses Spiel?«

»Wieso, ist der Name so wichtig? Irgendwann wirst Du mich erkennen!«

Ich versuchte, aus ihrem Dialekt, ihrer Sprache Schlüsse zu ziehen. Der Klang war dunkel und warm. Eher süddeutsch, ohne daß man auf Bayern hätte tippen können. Österreich? Dann meinte ich wieder, andere Akzente herauszuhören.

»Verschwende die Zeit nicht, um zu grübeln, wer ich bin. Ich bin einfach da. Ich habe Dich gesucht, wochenlang, jahrelang, und ich habe Dich endlich gefunden...«

»...aber ich selbst suche mich seit Jahren und habe mich noch nicht gefunden!«

»Weil es ein Irrtum ist zu glauben, man fände sich selbst, wenn man sich mit sich und zu sich selbst zurückzieht. Du beginnst nur zu gründeln, und je mehr Du den Grund aufwühlst, desto mehr Schlamm wirbelst Du auf, und Dein Blick wird trüber mit jedem Tag. Irgendwo habe ich mal gelesen ›Beim Fallenlassen in deine eigenen Abgründe erkennst du vielleicht dich selbst‹, doch meine Abgründe offenbarten mir nur eine gräßliche Fratze.....

....das ist es ja gerade: Ich bin nicht nur gekommen, um Dich zu finden, sondern dabei auch mich.«

Annemarie ließ Gräser durch ihre Finger schlüpfen und erfreute sich an den kleinen Grannensträußen.

»Ich habe keine Botschaften ausgesandt!« nahm ich den Faden wieder auf.

»Oh ja! Du hast Kurzgeschichten geschrieben. Geschichten mit einer irren Sehnsucht nach Zärtlichkeit, wie sie vielleicht nur einer Frau auffällt. Ich habe Aquarelle von Dir gesehen, und die sagen eigentlich dasselbe...«

»Das wäre eine magere Botschaft!«

»Wie man's nimmt. Nicht in dieser Zeit. Nein – es sprach aber noch mehr daraus: Achtung auch vor gescheiterten, vor strauchelnden Menschen, Versuch der Verständigung zwischen Gegensätzen, die Fähigkeit, in einer unermeßlichen Spannweite zu leben und zu erleben. Und, jetzt, wo ich darüber spreche, wird es mir erst richtig bewußt: Du suchst Begegnungen und nimmst ihren Zauber, ihre Bereicherung so dankbar in Dich auf. Ja, das ist es. Deshalb möchte man Dir begegnen, immer und immer wieder!«

»Begegnungen sind für mich die schönsten Erlebnisse auf diesem Lebensweg. Jede Begegnung mit einem anderen Menschen ist, als ob sich das Tor zu einer neuen, weiteren Welt öffnet. Zumal die Begegnung mit einer Frau.....Mit einer Frau deshalb, weil mir ihre Welt so zwangsläufig, so endgültig verschlossen bleibt. Einer Frau zu begegnen, heißt für mich, einen kleinen Blick in das mir ewig Verborgene wagen zu dürfen.....«

»Vorsicht! Enttäuschungen können dabei nicht ausbleiben!«

»Enttäuschungen – das heißt zunächst: Ich habe mich getäuscht. Nicht: Der andere hat mich getäuscht. So hart sich diese Aussage gegen mich selbst wendet.«

»Werde ich Dich enttäuschen?«

»Ich gehe mit Dir diesen Weg. Ich freue mich an Deiner Begleitung. Ich genieße die Spannung. Das Geheimnisvolle an Dir. Und ich spüre unsere Nähe. Kurzum, ich erlebe diese wunderbare Begegnung in vollen Zügen, wie weit sie uns auch immer führen mag.«

»Wir sind uns schon einmal begegnet!« sagte Annemarie mit einem überlegenen Lächeln. »Ich war damals noch sehr jung, sehr wild, sehr aggressiv. Ich hätte das Zeug dazu gehabt, Terroristin zu werden. Und zwar, weil ich partout nicht ich selbst sein wollte. Es schien mir nicht ›in‹ und außerdem langweilig. Und weil ich weder mich selbst akzeptierte, noch das Schicksal um mich herum, wollte ich das Ich in mir umbringen, und hatte ich den Drang, auch andere, mir ähnliche Ichs zu töten. Dich zum Beispiel!«

Ich zuckte zusammen. Aber das Mädchen schaute nicht einmal zu mir herüber. Ihr Gesicht nahm jetzt wie ihre Worte eher fanatische Züge an. Sie sprach laut und scharf, als ob sie irgend etwas zerschneiden, zermetzeln wollte.

»...zumal Du mich durchschaut hattest. Obwohl ich mich gräßlich verstellte, obwohl ich mich...mit einem beträchtlichen masochistischen Potential...entstellt und verätzt hatte, obwohl ich eigentlich meilenweit neben mir stand...hast Du mich erkannt und meine Not beim Namen genannt. Das war eine Unverschämtheit, und es hat meine Wut auf Dich damals nur noch gesteigert. Und daß Du ein Mann warst, der nicht in das mühsam indoktrinierte Haßklischee von Mann paßte.....daß Du es wagtest, dort nicht hineinzupassen, das hat mich völlig aus dem Gleis geworfen. Du hast mich regelrecht umgekippt.....ja, das ist das richtige Wort. Heute erst fällt es mir ein! Erinnerst Du Dich jetzt?«

Nein, wenn überhaupt, so dämmerte es nur schwach in mir. In meinem Beruf hatte ich selten, ja, fast nie mit Jugendlichen zu tun. Irgendwann immer mal mit der Protestszene. Irgendwelche Pulks von Gammeltypen, Anarchisten und Utopisten hatten gelegentlich mal versucht, irgendwelche Aktionen unserer Klienten zu stören. Nur in der Gruppe fühlten sie sich stark, nur als Masse waren sie aggressiv und schaukelten sich gegenseitig hoch in ihrem Destruktionswahn. Und nur vor Gruppen verspürte ich auch Angst – damals. Wann war das? Ja, da war dieses Gefühl des Ausgeliefertseins, die lebhafte Erinnerung an faschistische Bedrohungen. Mag sein, daß eines dieser Mädchen inzwischen zur Annemarie herangewachsen war.

»Du sagtest damals zu mir, als Du mir in meine haßerfüllten Augen schautest, Du wollest gern einmal mit mir verreisen. Und ich schrie Dich an...so etwa 'Das könnte Dir so passen, Du chauvinistisches Schwein'...und dann war ich doch so dämlich, Dich zu fragen, wohin denn? Und Du sagtest ganz ruhig, und ohne mich aus den Augen zu lassen, 'Zu deinem Selbst!' – Das hat vielleicht gesessen! Wie ein Pfeil, der durch die Luft gezischt kam! Du meintest es nicht aggressiv. Und auch nicht so widerlich pädagogisch. Einfach nur so. Und dann gingst Du weg. Das alles ließ mir keine Ruhe. Nach außen bemühte ich mich, cooler als cool zu sein. Aber innen kochte ich. Es brodelte so in mir, daß ich mich noch am selben Tag erkundigt habe, wer denn dieser widerliche Typ gewesen sei.«

»War das.....vor Jahren mal.....könnte das in Frankfurt gewesen sein?«

»Vielleicht dämmert es Dir noch mal! – Jedenfalls hast Du Dir auf eine so raffinierte Art und Weise eine Freundin verschafft, Du Eremit!«

Eigentlich war ich jetzt ein wenig traurig darüber, daß ich den Schleier des Geheimnisvollen um einen Spalt gelüftet hatte. Annemarie – eine Demonstrantin? Eine Beinahe-Terroristin? Schemenhaft glaubte ich, mich erinnern zu können. Aber da blieb auch so noch vieles rätselhaft. Die Spur zu mir! Die Frage nach dem Bild!

Ich stellte mich Annemarie in den Weg, faßte sie fest an den Armen und studierte in ihren Augen.

»So hast Du mich auch damals angeschaut. Und ich wußte: Deine Welt ist auch meine Welt. Und nun bin ich hier, um Deine Einladung anzunehmen!«

»Welche?«

»Du wolltest mit mir eine Reise zu meinem Selbst unternehmen!«

»Bist Du nicht dort schon angekommen? Ich meine...Deine Wanderschaft...Dein Weg hierher...Dein Weg zu mir...war er nicht in erster Linie Dein Weg zu Dir?«

Skeptisch blickte mir Annemarie in die Augen. Als ob sie etwas anderes erwartet hatte. Als sei sie enttäuscht, nach einer solchen Reise auf sich selbst zurückgeworfen zu werden.

»Daß Du mich nicht mißverstehst: Ich fände es wunderbar, ein Stück des Weges zusammen mit Dir zu gehen.....so, wie wir hier.....wie eine symbolische Handlung.....durch die Felder streifen. Aber ich bin nicht Dein Vater, nicht tauglich für ein Idol, für eine Leitfigur. Dazu bin ich viel zu sehr Dilettant. Und ich könnte »Frau« nicht gut akzeptieren als hilfsbedürftiges Wesen. Dazu bist Du zu stark. Zu sehr ausgeprägte Persönlichkeit!«

Noch immer hatte sie schwer an etwas zu knacksen, wie ich das immer zu nennen pflegte, wenn jemand im Gespräch nicht über seine selbst gestellten Hürden kam. Ein wenig Wind war aufgekommen. Am Himmel hatten sich Föhnwolken zusammengeschoben. Die Berge waren uns noch näher gerückt. Wir hatten das Dorf – oder war es doch ein Städtchen? – weit umrundet. Stets beherrschte die Burg das Scenario. Ja, man konnte sogar von hier aus erkennen, daß meine beiden Fenster offengeblieben waren. Sie bildeten zwei schwarze, steil aufragende Rechtecke. Burg – Geborgenheit? War es dies, was Annemarie suchte?

»So, wie ich Dich in den wenigen Stunden bisher kennengelernt habe, so, wie ich mich ganz vage an eine Demonstrantin erinnere, nehme ich an, daß Du in Deinem Gepäck Manuskripte mitgebracht hast. Vielleicht auch Bilder. Und daß dieser Besuch vor allem auch eines bezwecken soll: Dem, der Dir damals – unbeabsichtigt – einen Flankenstoß versetzt hat, dem, der Dich damals gedemütigt hat, zu zeigen, daß Du Deinen Weg gegangen bist!«

»Nun gut, wenn ich ehrlich sein soll, dann ist es so oder jedenfalls so ähnlich. Zum Teil. Aber ich möchte mehr. Ich möchte darüber hinaus. Und deshalb habe ich nach Dir gesucht. Ich bin 'Person'geworden, aber bin ich auch 'Frau'?«

Nun war ich es, der schwieg. Jedes Wort, das mir auf die Zunge kam, erschien mir chauvinistisch. Am Äußerlichen orientiert. Ich wagte nicht einmal, diese Vollblutfrau anzusehen. Noch viel weniger, sie in diesem Augenblick in den Arm zu nehmen. Für diese Frage fühlte ich mich überhaupt nicht kompetent.

»Welche Anforderungen stellst Du an Dich, um Dich als Frau anzuerkennen? Biologische stehen ja außer Zweifel...«

»...Oh nein, nein, nein, überhaupt nicht! Du müßtest das doch spüren. Du, der Du mich durchschaut hast wie kein anderer. Du weißt das Manuskript in meiner Tasche...und ich wette, Du kannst Dir auch meine Bilder schon jetzt vor Deinem inneren Bildschirm ausmalen.....«

».....so, wie Du mich vorhin nach einem meiner Bilder fragtest, das bisher niemand, aber auch niemand zu sehen bekommen hatte. Woher wußtest Du? Woher kanntest Du meine Burg? Meine Räume? Mein Leben? Du hast mir Angst eingejagt...«

»Frag' nicht. Ich weiß es doch selbst nicht. Einige Signale hast Du in Deinen Geschichten versteckt. Anderes formte sich wie selbstverständlich und unverrückbar in meiner Vorstellung. Mein Gott, ich fühle mich mehr als je als Teil von Dir...als Deine Zwillingsschwester. Ich kannte in etwa auch die Burg. Als ich sie sah, ich wußte nur sehr ungefähr, frag' nicht von wem, wohin Du Dich zurückzuziehen pflegst.....aber als ich sie sah, erkannte ich sie. Ich hätte mit den Fingern auf die Fenster deuten können, hinter denen ich Dich vermutete. Der Wirt in der Kneipe hat mir nur bestätigt, was in mir bereits Gewißheit war. Und jetzt bin ich hier, bin ich bei Dir, um mit Dir darüber zu sprechen, wie's weitergehen soll!«

Der Wind trieb jetzt in Böen von Norden her aufs Gebirge zu. Der Föhn hatte den Machtkampf verloren und mußte sich fluchtartig hinter die Alpenkette zurückziehen. Und wir mußten uns beeilen, um noch trocken zum Brückenwirt zu kommen.

»Du, und wenn es jetzt hundertmal zu regnen anfängt, und wenn die Blitze runterzucken, ich muß es Dir jetzt sagen: Ich möchte ein .....«

Ein ungeheurer Donnerschlag ließ ihr die Worte im Hals erstarren. Entsetzt schaute sie mich an. Und hastig, als ob sie sich schnell korrigieren, als ob sie sich für etwas Unaussprechliches entschuldigen wollte, beeilte sie sich, ihren Satz anders zu vollenden, als er wohl durch den Donnerschlag zerfetzt wurde: »Du wolltest mit mir eine Reise zu meinem Selbst unternehmen. Ich bin ein großes Stück allein gegangen. Das war mühsam und gefährlich. Ich habe oft an Abgründen gestanden, symbolisch und tatsächlich, aber dann hast Du mich weggezogen, damals.....und viele Male später, hast mir ein WEITER! zugerufen. Den nächsten Teil des Weges kann und will ich nicht alleine gehen!«

Annemarie hatte sich mir in den Weg gestellt und versuchte, in meinen Augen zu lesen.

»Sag ja...jetzt und hier!«

»Wozu?«

»Mach' es mir doch nicht so schwer.....so schwer, wie dieser Wetterschlag.....ich will.....nein, jetzt verläßt mich mein ganzer angestauter Mut.....ich will nicht allein durch dieses Leben gehen und wenn meine so oft geträumten Träume schon nicht in Erfüllung gehen, ich will.....ein Kind....«

Die ersten dicken Tropfen kamen mir zu Hilfe.....meine Überraschung zu verbergen und die Antwort vor mir herzuschieben. Ich mußte schon gegen das Donnergrollen anbrüllen.

»Ein Kind ist ein eigener Mensch! Ein Kind wäre nicht Dein Eigentum! Ein Kind würde nicht zu Deiner Persönlichkeit, zu Deinem Selbst führen, sondern zu einem neuen Selbst! Hast Du das schon einmal bedacht?«

Wir rannten die letzten hundert, zweihundert Meter auf die Häuser zu. Als wir beim Willi in die Gaststube hineinstürzten, waren wir schon pladdernaß. Aber geborgen. Und ich konnte dieses Gefühl an Leib und Seele spüren: geborgen sein. Geachtet sein. Angesprochen werden. Einen Obstler hingestellt bekommen, ohne daß man ihn bestellt. Weil jemand freundlich – eben: wie ein Freund – sein möchte. Etwas Gutes, Kräftiges zu essen bekommen. Auf einer Eckbank unterm blumengeschmückten Herrgottswinkel sitzen, während draußen ein Gewitter tobt.

Und Geborgenheit abgeben können. Die warme Decke auch um die Schultern des anderen legen. Ihm mit dem Taschentuch und der Papierserviette das Haar trocknen, die Tropfen von der Stirn und aus den Augenbrauen tupfen. Mit den Lippen die Fingerkuppen streicheln.

»Ja, das ist was Recht's! Mein God, des hot Dir g'fehlt, Maler!«meinte der Willi, als er sich die Annemarie anschaute. »Jetzt geht's aber zua!«

Ich wußte nicht, was er damit meinte. Das Wetter. Oder mein Leben. Oder auch nur die Leberknödlsuppe, das Bier und den Schweinsbraten.

»Mei Frau hot schon g'sagt, der Moaler, hot sie g'sagt, hot a'fs Einkaf'n vergess'n. Und hot mir ein Sackl hi'g'stellt, mit dem Wichtigsten.«

Auch das gehört dazu, zum Geborgensein. Die Leute waren hier so gut, mir von ihrer Heimat ein Stück auszuborgen. Nein, es herzuschenken an jene, die sie mochten. Und, siehe da, in der Tüte war schon die doppelte Ration. Die Kathl mit ihren lebhaften, kleinen Augen, sie hatte den klaren Blick. Ihr gehörte der Kaufladen nebenan. Und während ich der Annemarie davon erzählte, schaute sie durch die Küchentür hinein und meinte:

»Ja, eeendlich moal ein Weiberl! Nix iss, allweil so alloa sein da drob'n! Da muaß ja so ein spinnerter Moaler ganz auf verschrobene Ideen komm'!«

Ich galt hier als der Maler. Obwohl niemand meine Bilder je zu sehen bekommen hatte. Ausgenommen halt der Bub vom Willi oder die Sophie, die mir manchmal das »Sack'l« mit Brot und Milch heraufgebracht haben. Daß ich auch Geschichten schrieb, in denen diese liebenswürdigen Menschen hier vorkamen, hatte entweder nichts zu sagen oder war ihnen bei aller Neugier ganz verborgen geblieben.

Einen Koffer und eine schwere Tasche schleppten wir später über den glitschigen Weg hinauf zur Burg. Es war nach dem Gewitter gar nicht mehr hell geworden. Noch immer rollten die Donner wütend an der Alpenkette entlang. Wetterumschwung – Lebensumschwung. Nichts war mehr so wie heute morgen.

Wie tief sich diese Veränderung bereits in mir vollzogen hatte, spürte ich, als wir gewahr wurden, daß die üppigen Regenschauer meine beiden Ateliers in Mitleidenschaft gezogen hatten. Der Stoß von Aquarellen, die Annemarie heute nachmittag durchgeblättert hatte, schwamm in den Pfützen auf dem großen Arbeitstisch. Und drüben, im Schreibzimmer, hatte es einen Ordner mit Manuskripten erwischt. Es machte mir eigentlich nichts aus! Gelassen nahm ich die Bilder und stopfte sie allesamt in den Papierkorb. Irgendwie hatten sie sich überflüssig gemacht. Der Tag, auf den ich sie hin gemalt hatte, war da. Und ich war ertappt worden. Nie hatte ich ertragen können, wenn mir jemand beim Malen oder Schreiben über die Schultern schaute oder auch nur in den Raum kam, um neugierig über den Block zu lugen. Meist nahm ich dann das jeweilige Blatt und zerfetzte es – nicht ohne meine Wut zu zeigen.

Heute nahm ich alles gelassener hin. Wenn ich auch Probleme spürte: So lange Annemarie bei mir zu Gast wäre, könnte ich weder malen noch schreiben. Überhaupt war mein Refugium zugleich entzaubert wie auch verzaubert. Eremit konnte ich nicht mehr sein. Ich konnte mich nicht mehr mit mir selbst und zu mir selbst zurückziehen. Jetzt war da ein anderer Mensch – eine Frau. Jetzt hatte ein anderes Flair von Intimität von diesen Räumen Besitz ergriffen. Als ich die knarrende Tür hinter uns verschloß, knisterte die Luft vor Erotik. Es war, als würde sich nun eine Hochzeit vollziehen. Der Zauber der ersten Begegnung zwischen einer Frau und einem Mann.

Annemarie war in die kleine Kabutze gegangen, um sich abzutrocken. Ungeduldig hatte sie das Gepäck nach ihrer Kosmetiktasche durchwühlt. Ohne weiteres hätte ich ihre Abwesenheit dazu nutzen können, um einen der Lederanhänger aufzuknöpfen und ihren Namen zu erforschen. Ihre Initialen hatte ich gleich bemerkt: I.v.D. Aber es wäre mir geradezu wie eine verräterische Tat erschienen, so heimlich und verstohlen ihre Identität aufzudecken. Bald hörte ich, daß sie sich nebenan umzog. In Pulli und Jeans erschien sie, um mir beim Aufwischen zu helfen.

Dann saßen wir noch lange in den tiefen Fensternischen. Der Himmel war aufgerissen. Wolkenfetzen trieben rasch vor einem fahlen Graugelb am Mond vorbei, während vom Gebirge her immer noch Wetterleuchten herüberzuckte. Wir sprachen wenig. Ja, es schien mir geradezu, als seien wir allzu schnell bis zu jenen Botschaften vorgestoßen, die sich – unaussprechbar – jeder verbalen Kommunikation verweigerten. Beim Blick hinunter, auf das verträumte, schläfrige Städtchen, ein einstiges Wehrdorf, kam es mir vor, als stünden wir jetzt vor dem verschlossenen Tor zu jenen Aussagen, von denen wir nicht wußten, ob sie Freund oder Feind, ob sie lust- oder angstbesetzt wären, und wir hatten beide nicht den

Mut, beherzt anzupochen. Hinter dem Tor hätte vielleicht ein UND JETZT? gelauert, mit dem wir nicht so leicht fertigwerden könnten.

Ich hatte meinen Arm um »I« gelegt. Schade, so recht gab es jetzt die Annemarie nicht mehr. Und »I« hatte sich unter meine Jacke gekuschelt. Eine Weile kommentierten wir das Spiel der Lichter in den Häusern unter uns, auf den Gassen und Straßen. Wir sogen die würzige Luft ein und lauschten den Nachtigallen, die sich in der Bachschlucht ein Konzert gaben. Beethovens Pastorale drängte sich auf. Und gerade, als ich dachte, sprach »I« es aus. Da legte ich die Platte auf, und wir gaben uns der Musik hin.

Als die letzten Akkorde verklungen waren, spürte ich, daß das Mädchen an meiner Seite eingeschlafen war.

Behutsam löste ich mich von ihr. Der Grad ihrer Erschöpfung war zu groß, als daß sie es gewahr geworden wäre. So trug ich sie auf mein Bett, zog ihr die Schuhe aus und deckte sie zu. Später schlüpfte ich behutsam neben sie und berauschte mich am Duft ihrer Haare und ihrer Haut. Und ich erkannte, daß ich die Zartheit dieser erotischen Begegnung viele Male zu malen versucht hatte – vergeblich. So mußte es wohl sein.

Zum ersten Mal nahm ich mir nun auch Zeit, ganz entspannt in ihrem Gesicht zu lesen. Erst eine schlafende Frau offenbart sich ganz in ihren Zügen. Das Trotzige, Aufrührerische, Rebellische war nicht zu übersehen. Da war keine hilflose, sanftmütige Verehrerin in mein Leben eingebrochen. Und doch war es so, als ließe sie jetzt ganz allmählich ihre Waffen sinken, als lege sie einen Panzer ab, eine Rüstung, die ihr irgendwie Schutz und Halt gab. Als begänne sie jetzt erst, ganz sie selbst zu sein. Ihre schmalen Nasenflügel bewegten sich. Im Traum formten sich ihre Lippen zu einem zuckenden Lächeln. Ganz kurz gingen ihre Augen auf, als wollten sie sich überzeugen, daß ich hier an ihrer Seite läge. Dann löschte ich das Licht und spürte, alles um mich herum war nur noch A-n-n-e-m-a-r-i-e ! Das »I« wollte sich noch nicht verfestigen.

Ganz leicht legte ich meine linke Hand auf sie. Und spürte, was ich schon ein–, zwei- oder mehrmals glaubte, wahrgenommen zu haben, bei anderen Gelegenheiten, nämlich, daß es Menschen gibt, aus denen schon bei der leisesten Berührung, durch alle Kleidung hindurch, ein intensiver Strom von wohltuender Wärme in mich hinüberzufließen begann. Einmal war es ein kleines, vielleicht fünf- oder sechsjähriges Mädchen in der S-Bahn, das sich eher zufällig an mich gelehnt hatte. Damals spürte ich diese eigenartige Wärme, dic fast wie ein Stromstoß in meinen Körper fuhr, wie ein unsichtbarer Lichtbogen, dann schaute ich verdutzt hinter mich und entdeckte das Kind, ein Türkenmädchen – und erschrak, als es mich mit seinen großen dunklen Augen überaus ängstlich ansah.

Und nun wieder. Wieder strömte wie ein Schwall diese Wärme über meine Hand den Arm hinauf und erfüllte meinen ganzen Körper. In dieses Wohlgefühl freilich mischte sich auch irgendeine undefinierbare Angst, Angst, mit mir geschähe etwas, das ich nicht unter Kontrolle zu halten imstande sein könne. Zaghaft wollte ich meine Hand zurückziehen, doch Annemarie ergriff sie und legte sie wieder genau an jene Stelle zurück, wo diese Glut aus ihr herausfloß, als sei es die Lava ihrer Seele.

Sehr früh am Morgen begannen meine Sinne, die Welt um mich herum wieder schemenhaft wahrzunehmen. Die letzten Traumbilder fügten sich in die quadratischen Felder von erster Morgendämmerung angegilbter Fenster. Meine Hand war kalt geworden. Der Mund trocken. Im ersten Dämmerlicht des allmählich wiedererwachenden Bewußtseins tauchte eine vage Erinnerung auf. Dann waren es die Sensoren meiner Geruchsnerven, die als erste Alarm schlugen. Der so liebliche Duft nach Frau, nach Haar, nach Haut, der mich betörend in einen wohligen Schlaf hatte hinübergleiten lassen, war verweht. Blitzschnell hochfahrend stützte ich mich auf meine Arme und sah: Das Mädchen neben mir war fort!

Fahrig tastete ich das Kopfkissen ab, das Leintuch neben mir, und glaubte – zunächst ganz selbstverständlich – es fühle sich noch warm an, denn sicher war Annemarie nur in die Kabutze gegangen und käme gleich wieder. Jetzt würde sie ihre Jeans ausziehen und ihren Pullover. Und ich spürte, wie sich mein Körper nach der Berühung dieser Frau zu sehnen begann. Erst in der zweiten Hälfte der Nacht, so hatte sie es geheimnisvoll versprochen, wollte sie ihr Inkognito lüften. In der zweiten Hälfte der Nacht wirst Du mich erkennen, hatte sie gesagt. Erkennen – welch' ein Wort, und ich konnte es jetzt nur noch im biblischen Sinne verstehen: Ver-schmelzen von Mann und Frau. Eins werden. Eins sein. Alles in mir war Erwartung. Ich lauschte auf jedes kleine Geräusch. Ich versuchte, ihren Atem zu hören. Ihre Bewegungen. Das Hantieren mit einem Becher. Oder war es ein Kamm? Ein Flacon? Ich versuchte, ihren Duft einzuatmen. Aber vergeblich.

Allmählich tilgte die absolute Stille jede Vermutung, sie könne tatsächlich im Bad sein. Hastig stand ich auf und lief ganz leise ins Nachbarzimmer. Saß sie vielleicht im Fenster? Hatte sie sich in ihren Schlafsack zurückgezogen? Zaghaft klopfte ich an die Toilettentür. Nichts rührte sich. Zögernd öffnete ich die Tür. Aber der Raum war dunkel und leer.

Bestürzt drehte ich mich in alle Richtungen um und rief laut »Annemarie!«, wieder und wieder. Machte überall Licht. Panik überfiel mich, als ich sah, daß all ihr Gepäck, der Koffer, die Tasche fort waren. Eilig schlüpfte ich in meine Sachen und hetzte aus dem Haus. In großen Schritten lief ich den Berg hinunter. Versuchte, jemanden zu erkennen. Als ich den Wiesensteig bis zu den ersten Häusern überblicken konnte und sah, daß Annemarie dort nicht sein konnte, rannte ich wieder hinauf und auf die andere Seite der Schlucht. Angst überfiel mich, sie könne sich etwas angetan haben. Ich hastete den Weg bis hinunter in die Straßen, zum Hauptplatz, wo die Bushaltestelle war. Nirgendwo eine Spur. Zu Willi traute ich mich nicht hinein.

»Annemarie«, sprach ich halblaut vor mich hin, »Du kannst mich doch jetzt nicht mehr verlassen. Du kannst doch so nicht von mir weggehen! Warum fliehst Du vor mir, wenn Du mich jahrelang gesucht hast?«

Atemlos raste ich wieder zur Burg hinauf. Hatte ich mich doch geirrt? War Annemarie da? Lag sie im Bett? Saß sie am Tisch? War sie nur in den Burghof gegangen? Voller Zweifel und zitternd am ganzen Körper öffnete ich die Tür. Alles war still. Alles war einsam. Verlassen! Leer! Nirgendwo eine Spur. Kein Zettel. Kein einziger Satz! Kein Abschiedswort! Nichts.

Ich nahm das Fernglas und verfolgte im Licht der aufbrechenden Morgenröte den Weg, den wir gestern gegangen waren. Alle Hoffnungen brachen in sich zusammen.

Ich hatte keine Adresse. Nicht einmal den Namen. Nur »I.v.D.«. Ihre Andeutungen. Vage Hinweise auf Ereignisse in Frankfurt. Halluzinationen? Was blieb von der Wirklichkeit? Gab es den gestrigen Tag? Die nassen Bilder, die verwaschenen Blätter, sie steckten im Papierkorb. Die Blumen standen auf dem Tisch. Wo waren die beiden Weingläser aus der Fensternische? Als ob sie nie woanders gestanden hätten, starrten sie mich aus dem Wandschränkchen an. War ich verrückt? Hatte sie mich ver-rückt? Tränen schossen mir in die Augen. Kälte überfiel mich. Ich wollte schreien, schreien, schreien. Aber es war mir, als ersticke ich im gleichen Moment. Es würgte in mir. Abscheu brach in mir auf. Abscheu vor all den Dingen, die mich höhnend umstanden. Abscheu vor dem Blick hinaus, Abscheu vor der Mailandschaft. Alles höhnte mich an. Trieb ein lachhaftes Spiel mit mir. Ich hielt es nicht mehr aus!

Rasend packte ich alle Sachen zusammen. Das Nötigste nur, was ich noch brauchen würde. Ich floh zurück in die Stadt. Schon um sieben Uhr tauchte ich wieder unter all den normalen Menschen unter. In der Zivilisation. Sie mußte mir Halt geben.

Später ließ ich meine Bücher holen. Ein paar von den alten Möbeln. Die Bilder und Manuskripte warf ich in einen Müllcontainer. Ich habe die Burg nie wieder gesehen.

Ist der Tod wirklich keine Frau?

* * * * * * *

– II –

Verwirrungen

Die Eile, mit der ich T. und mein Refugium dort hinter mir lassen wollte, stand in beredtem Gegensatz zu den langen Wochen und Monaten, in denen ich mich immer wieder mit den Ereignissen jenes Maitages auseinanderzusetzen versuchte.

Ja, gerade weil ich T., die Burg und vor allem das rätselhafte Mädchen eiligst auszulöschen versuchte, gärte die Hefe des Unbewältigten in mir.

Tausendmal, und das ist nicht nur so dahingesagt, stieg die Frage in mir empor: Gab es das Mädchen wirklich, oder war ich einer Halluzination, einem überraschenden Anfall von Schizophrenie zum Opfer gefallen? Ebenso oft sah ich die Tassen im Spülstein vor mir, sah ich den Papierkorb mit den nassen Blättern, sah ich – und hier wurde ich schon unsicher in meiner Fähigkeit, mich präzise nur an Fakten zu erinnern – die Plastiktüte mit der doppelten Ration von der Kathl. Was, wenn die Tüte so vollgestopft war, hatte ich denn mit dem ganzen Zeug gemacht?

Daß ich nie mehr nach T. zurückgekehrt bin (und es mir auch lange Zeit nicht vorstellen konnte, je wieder dort aufzukreuzen), liegt zum größten Teil daran, daß ich die Blamage fürchtete. Natürlich, eine Frage an Willi brächte Gewißheit: »Willy, war ich damals mit einem Mädchen hier, an jenem Abend, als das Unwetter kam? Erinnerst Du Dich nicht, Deine Frau, die Kathl, hat sie mir nicht an jenem Abend ein besonders reichhaltiges Sackl gepackt?« usw. Aber genau diese Frage könnte ich mir ja auf gar keinen Fall erlauben. Ob Ja oder Nein, gleichermaßen müßte ich riskieren, als wirr, als deppert zu gelten.

Was mich bei meinen tausendfachen Inquisitionen ganz besonders stutzig machte, war, daß ich nicht einmal wußte, ob ich an jenem verzweifelten Morgen das Kopfkissen nach einigen Haaren abgesucht hatte. Jede Frau läßt auf ihrem

Kissen ein paar Haare zurück, zumal, wenn sie einen so wunderschönen langen Kopfschmuck hat wie die Annemarie meiner Phantasie! Wie oft habe ich diese achtlos verlorenen Spuren sorgsam gesammelt und als kostbare Erinnerung manchmal jahrelang aufgehoben. Hätte ich Medaillons von jener Art besessen, in die man geheime Köstlichkeiten verbergen konnte, ich hätte diese Reliquien der Zärtlichkeit darin konserviert – und damit einen Teil des erotischen Rausches jener Nächte.

Daß ich nach der tatsächlichen – oder geträumten? herbeigesehnten? Mai-Nacht in inniger Nähe zu Annemarie nicht nach solchen intimen Spuren gesucht – und wenn, dann keine gefunden hatte, verwendete ich alsbald gegen mich. Ich schalt mich einen Spinner, einen von altersbedingten Mangelerscheinungen (in mehrfacher Hinsicht!) angegriffenen Greis, der erotische Szenarien zu erträumen und durchzuspielen begann. In dieser depressiven Verlorenheit glaubte ich allmählich, keine Aussicht nähren zu dürfen, daß mich je wieder ein weibliches Wesen auch nur eines Gedankens für würdig befinden könnte. Keine Haare – keine Annemarie! Keine Annemarie – kein Verstand! Und dies mitten in einem anspruchsvollen Berufsleben, in dem es ohnehin nie einen Anspruch auf Frühpensionierung geben würde, noch das geziemende Alter in Sichtweite war.

Wer sich ein wenig in meine Situation hineinversetzen kann, wird verstehen, daß dies allmählich zu einer quälenden Frage meines Selbstwertes wurde und – so lange es mir nicht gelingen wollte, diese Ereignisse aus meinem Gedächtnis zu tilgen – eine beträchtliche Brisanz erhielt. Wußte ich doch auch niemanden, dem ich mich hätte anvertrauen können. Wen auch? Einen Nervenarzt? Einen Gerontologen?

Wochenlang hatte ich die Kartons, die mir von einer Umzugsfirma einer benachbarten Stadt in T. zusammengepackt worden waren, nicht zu öffnen gewagt. Obwohl ich nicht einmal mit den Möbelpackern, die mein Burgverlies auflösten, in Kontakt kommen wollte, fügte es der Zufall, daß ich die Sendung persönlich in Empfang nahm. Der redselige Fahrer erzählte mir damals, daß ihn die Leute in der Burg auszufragen versucht hatten, und es sei wohl das Gerücht umgegangen, ich sei tödlich verunfallt. Das war mir immer noch lieber, als wenn sie mich im Geiste in der Klapsmühle gewähnt hätten. Schließlich war diese Frau doch eine Art Tod.

Zaghaft hatte ich dann begonnen, Karton für Karton auszupacken und jeden Gegenstand akribisch zu prüfen. ob er irgendeinen Existenzbeweis für Annemarie liefern könne. Sicher, da war die Vase für den Maienstrauß. Da waren die Tassen, die Teller, die Gläser. Es gab nur einen Zahnputzbecher. Hatte sie ihn benutzt? Heute kann ich zugeben, daß ich – auf die ganz, ganz dünne Hoffnung hin – den ganzen Rand mit Küssen benetzt habe.

Wäre ich doch an jenem Vormittag noch einmal zurückgefahren! Hätte ich doch die Blätter wieder aus dem Papierkorb geholt! Ich glaubte, mich zu erinnern (oder nicht?), daß Annemarie auch ein paar Striche auf ein Skizzenblatt geworfen hatte.

Nun war alles weg. Ich hatte zu malen aufgehört und monatelang keine Zeile geschrieben. Wenn Ölquellen zu brennen beginnen,zündet man eine gewaltige Explosion, direkt daneben, um durch den plötzlichen Sauerstoffentzug die Flamme auszublasen. So kam mir das Phänomen Annemarie vor. Ihr Erscheinen und ihr Auflösen in Nichts war ein Blowup für meine ganze Persönlichkeit und drohte, mir in gewisser Hinsicht das Lebenslicht auszublasen.

Natürlich haben meine Freunde etwas bemerkt. Aber ich wagte nicht, irgend jemandem auch nur ein Sterbenswörtchen zu erzählen. Und zu einem Psychiater zu gehen, wäre nun das Allerletzte gewesen. Denn dessen Diagnose schien mir ohnehin klar: So oder so – nur eine wenigstens ihn sanierende Langzeittherapie könne mir die verlorene Stabilität wiedergeben.

Einziges Gegenmittel, das ich mir verschrieb, war Arbeit, Arbeit, Arbeit. Tagsüber, Nächte hindurch. Und eine selbstverordnete Isolation von Bekannten. Dafür suchte ich in den wenigen Stunden, die ich mir gönnte, geradezu manisch Kontakte mit wildfremden Menschen. Ich schrieb an Kontaktadressen im Stadtanzeiger. Verbrachte ein Wochenende hier, eines da. Eines mit dieser Frau, eines mit einer anderen. Ich suchte nicht sie – alle mögen es mir verzeihen! – , nicht ihre Unterhaltung und ihre Körper, sondern ganz klar nur mich. Es waren liebe, sehr liebe und sehr verzweifelte Frauen dabei. Aber ich habe sie – denen ich nie Treue schwören mußte und es natürlich nie tat! – schamlos betrogen: denn ich war da und doch nicht da. Ich habe sie großzügig verwöhnt, aber sie gar nicht gemeint. Sie waren fast immer »himmelhochjauchzend«, wenn wir irgendwo wahnsinnig weit weg wahnsinnig ausgelassene Dinge trieben, und zu Tode betrübt, wenn ich mich mir nichts dir nichts zurückzog. Das war – natürlich – auch so eine Art Rache am Geschlecht der Annemarie. Eine berechtigte Rache? Oder ganz und gar die Rache an einem Phantasiegebilde? Wenn ich das doch nur gewußt hätte.

Um dies zu erforschen, verbrachte ich viel Zeit mit dem Studium von Telefon- und Adreßbüchern: »v.D.«, und »I« mit Vornamen. Bald kannte ich alle gängigen Adelsnamen von »von Dannewitz« bis »von Drzebinow«.

So lernte ich auch Ingeburg Freifrau von Dreiwitz kennen. Unweit von Limburg. Eine mittelalterliche Dame mit sehr jugendlicher Stimme. Ein Ausbund von Temperament und reich an ordinärem Wortschatz. Frau von Dreiwitz (ich habe den Namen geringfügig verstellt) entpuppte sich natürlich als eine ausgemachte Fehlanzeige. Ich lud mich unter einem Vorwand ein. Alles klappte vorzüglich. Mit ihr blätterte ich den ganzen Gotha durch und bekam fast auf jeder dritten Seite ein Sittengemälde aufgetischt. Ingeburg von D., die Freifrau, war so frei und grölte schließlich vor Vergnügen. Vieles war ganz sicher erlogen, aber gekonnt, gekonnt! Vielleicht verschwand hinter den Skandalgeschichten, die sie aus der Adelszene üppig von sich gab, sogar eine für mich heiße Spur zu einer anderen ›I.v.D.‹, aber ich konnte mich anderentags ohnehin kaum noch an etwas erinnern. Denn die Nacht wurde lang. Sie endete nämlich in einem wüsten Bacchanal, als – zufällig oder nicht? – weitere Freundinnen und befreundete Paare in der Luxusvilla eintrafen und Swimmingpool wie Sauna mit einer wahren Orgie erfüllten. Der Champagner floß und unser aller Rausch hätte einen besonderen Adel verdient. Immerhin bewahrte er mich vor sittlichen Anfechtungen anderer Art. Als ich, schlimm verkatert, wieder in den Alltag zurückkehrte, war ich um eine weitere Hoffnung, nein, um eine ganze Wagenladung von Hoffnungen ärmer.

In dieser Situation, als ich schließlich der Resignation nachzugeben bereit war und jene Annemarie, alias »I.v.D.«, als Irrlicht, als Wahngebilde, als erste Warnung vor der Verkalkung abzutun verzweifelt genug war, traf es mich wie ein gewaltiger Donnerschlag, wie ein pfeifender Hieb des Schicksals, daß ich Annemarie wiedersah.

* * * * * * *

– III –

Irrlicht im Klostergarten

Es gibt Zufälle und Zufälle. Bei den einen kann man noch sagen: Na ja, so passiert's halt. Wie die Würfel eben so fallen. Aber es gibt andere Zufälle, die sind so aberwitzig, so unendlich fern von jeder W a h rscheinlichkeit und von so vielen »Wenn ich nicht...« und »Hätte ich da noch...« und »Stell dir vor, ich wäre...« abhängig, daß man erschauert, wenn's dennoch passiert. Und so ein Zufall war es wohl. Ein Zufall, über den ich mir viele Gedanken machen sollte.

Ich hatte geschäftlich in der Schweiz zu tun. Genauer, in St. Gallen. Und die Verhandlungen zogen sich länger hin, als erwartet. Normalerweise hätten wir, Nägele, ein Mitarbeiter von mir und ich, am Freitagabend in München sein wollen.

Wir saßen bereits im Auto, ja, hatten schon die Heimreise angetreten in der Gewißheit, am Montag noch einmal hierher fahren zu müssen, da riß der Himmel auf. Der Dauerregen, der sich fast die halbe Woche grau und fröstelnd aufs Gemüt gelegt hatte, gab ganz plötzlich seinen Abschied. Innert weniger Minuten zerstob die dichte Wolkendecke. Die grauen Wolkenfetzen verwandelten sich alsbald in rosa Kissen, die vor einem frischgeputzten, noch etwas fahlen Himmelsblau dahergeflogen kamen, als gäbe es überhaupt kein Regenwetter, keinen Schnee bis auf 1200 Meter und keine sieben Grad Anfang September. Und hinter der nächsten Kurve wurde der Blick frei auf die schroffen Höhen des Säntis, rot und weiß in der Abendsonne prangend, wie man ihn nicht einmal auf Kalenderblättern zu sehen bekommt. Der Ausblick nahm mich so gefangen, daß ich abrupt den Wagen abbremste und mir zwischen den Apfelbäumen am Straßenrand eine Parklücke suchte.

»Mann«, sagte ich, »jetzt müßte man glatt hierbleiben. Jetzt durch die Alpen fahren! Blaumachen! Leben und schauen, leben und schauen! Einfach so! Mir nichts, dir nichts!«

»Warum machen wir's denn nicht? Was in aller Welt hindert uns daran?« Nägele, ausgerechnet der Nägele schubste mich mit dieser Schnapsidee aus der Bahn stinklangweiliger Normalität. Konfrontierte mich mit meinem beschränkten Lebensprogramm, geprägt von Arbeit, Pflicht und Planung. Ließ das Gefühl von Frei-Sein, Spontaneität und Lebenslust in mir aufblitzen. Nägele, den ich immer für ein Muster von Biedersinn gehalten hatte.

»Mein Gott nochmal, Nägele, Sie haben ja so recht! Was hindert uns? Wenn Sie es zu Hause regeln können – nach mir kräht ja doch kein Hahn. Ich kann es einrichten. Und irgendwo bekomme ich ein Hemd gewaschen oder kaufe mir ein neues, damit wir am Montag wieder einen präsentablen Eindruck machen!«

Der erste Wendepunkt des Schicksals: Wenn die Wolken nicht aufgerissen wären..., wenn sie nicht just in diesem Augenblick davongeflogen wären wie ein Teppich mit Kurs Ost...

So versackten wir an diesem Abend in Rorschach, aßen Eglifilets, tranken einen schlichten Kirchwein, der, veredelt mit dem Aroma unendlicher Freiheit, so köstlich mundete wie ein St. Saphorin. Lausbubengefühle kamen in uns hoch. Irgend etwas Ausgefallenes tun. Zum Beispiel: Die Abendsonne von einem Tretboot aus bewundern.

Jetzt war es der Nägele, der das zunächst nicht schnallte. Für ihn war ich der Chef, der Dr. Allwissend, eine Respektsperson. Und schon der Vorschlag, nicht heimzufahren, so gestand er mir später, sei ihm ein wenig riskant erschienen. Er, Nägele, habe ohnehin keinen Drang nach Hause gehabt. Aber er habe sich nicht getraut, mich einfach so allein fahren zu lassen.

Nun, das mit dem Tretboot scheiterte an den Geschäftszeiten der Vermieter. Romantik war nicht angesagt. Angeblich durften sie so spät am Abend die Boote nicht mehr losmachen. Überdies mußten zwei Männer im Businesslook, die sich anschicken wollten, noch so spät am Abend auf ein Tretboot zu gehen, allerhöchstes Mißtrauen wachrufen. Mit Jeans und Rolli hätten wir vielleicht Kredit gehabt. Aber so, im Nadelstreifen, erweckten wir Mafia-Verdacht. Kokain-Fracht im Velo-Bötchen auf die deutsche Seeseite verbringen...«Das geht leid'r nicht. Auch wir haben da unsere Regularien...« gurrte der Schweizer. Ein Tanzschiff nahm uns dann nach Bregenz mit.

»Auch eine Art Tretboot«, kommentierte Nägele die Szene, als er Jung, vor allem aber Alt dort hopsen sah. Bei Evergreens und Schlagerseligkeit hielt es die Nietenhosen nicht lange auf dem Parkett.

»So lull und lall, ich bin doch nicht im Harmonieverein!« protestierte eine steile Schöne und schob voller Unmut an uns vorbei.

Ich will nicht lange abschweifen. Der Abend war »ganz nett« – genau so, wie wenn jemand zehn Meter Anlauf nimmt und einen Hupfer von zwei Metern stümpert. So verlief unser Ausbruch ins zügellose Junggesellendasein sehr brav. Schon im Zug zurück nach Rorschach fielen mir die Augen zu.

Der nächste Tag jedoch belohnte unsere zwangsläufige Solidität. Früh waren wir auf den Beinen und begrüßten einen Morgen, wie nur einer glänzen kann, wenn Petrus vorher gründlich Hausputz gehalten hat. Das Azorenhoch hatte gesiegt. Und wir bückten uns über unseren Autoatlas. Hoch in die Berge wollten wir, Pässe erklimmen, Panoramen genießen und ansonsten rechts und links der Straße alles Schöne mitnehmen. Szenarien, für die man, von einem Tagespensum eingespannt, nur selten Zeit findet. Wir wollten unsere Freiheit in vollen Zügen auskosten.

Noch kurz vor Chur waren wir unschlüssig – über den Julier ins Engadin zu steuern oder rechts ab in Richtung San Bernhardino oder zum Lukmanier oder über den Oberalp? Die Entscheidung nahm uns eine Karawane Caravans ab, hinter der meine Ungeduld schon eine ganze Weile in Gift, Galle und Aggression umzukippen drohte. Nun, sie fuhren geradeaus und wir entsprechend rechts, also auch dies wieder einer jener Wendepunkte, über die ich später lange grübeln sollte: Wenn die Wohnwagengespanne nicht da lang gefahren wären ..... und nicht just in diesem Augenblick.....

Auch die nächste Weiche stellte das Schicksal für uns nach rechts. Nicht Albula, nicht Via Mala, nicht San Bernhardino, so wie ich es eigentlich wollte, sondern Oberalp oder Lukmanier hieß plötzlich unser Kurs, nachdem wir im Gewühl von Straßenbauarbeiten die falsche (???!) Spur erwischt hatten. Nun, wir waren ja durch nichts gebunden. Und ich will den Leser nicht durch die Lektüre eines Reiseführers zwingen. Doch wer den sogenannten Vorderrhein auf seinem Weg durch die Schluchten, durch die burgenreiche und schicksalsträchtige Landschaft des »Grauen Bundes« verfolgt, sollte die große, zügige Bundesstraße verlassen und sich auch einmal emporwagen nach Waltensburg. Er sollte in Trun Halt machen und Geschichte einatmen, deren Folgen ihm zum Greifen nahe sind. Wir taten es.

Doch Nägele blieb Nägele. Ich hatte mich eigentlich doch nicht in ihm getäuscht. Sein Ausbruch aus der Welt des Rechenbaren, des Planbaren, des Bürgerlichen, dieser Ausbruch vom Abend zuvor, wird mir immer ein Rätsel bleiben und verdient es heute mehr denn je, auch als Teil des großen, geheimnisvollen Zufalls betrachtet zu werden:

Wenn Nägele nicht an jenem Abend für Sekunden von seinem gewohnten Kurs abgewichen wäre, wenn sein Controller-Gehirn nicht durch irgendwelche magischen Kräfte »ausgestiegen« wäre wie ein erhitzter Computer, dann ...

So aber hatte er sich wieder ganz in die Welt der Planung zurückgezogen. Unsere Planabweichung, nicht über die Via Mala und den Splügen gen Süden zu fahren, sondern zunächst Kurs auf die Zentralschweiz zu nehmen, hatte seine Kilometerberechnungen durcheinandergewirbelt, seinen Zeitplan gestört.

Und Kirchen, mochten sie noch so alt und voller Atmosphäre sein, Dorfbrunnen mit Katarakten von Geranien, Begonien, Pantoffelblumen und Fuchsien, Ruinen, und mochten sie noch so sehr von Minnesang oder Blutrünstigkeit, von Bauernaufständen und Raubrittern erzählen, waren nicht sein Fall. Nicht, daß er gewagt hätte, seine eigenen Vorstellungen in Worte zu fassen – es war ohnehin schwer, seine wirklichen Interessen zu ergründen – nein, nur hatte er eine Art und Weise, vor den Kirchen und Ruinen, auf den kleinen Marktplätzen und um die Brunnen herum auf und ab zu gehen, die mir wie eine permanente Mahnung erschien: Wann bist du endlich fertig? Wann geht es endlich weiter?

Nägele, das hatte ich bis zum Ende unserer Tour de Suisse herausgefunden, suchte vor allem Superlative: eine weite Strecke in soundsowenig Zeit zurückzulegen, den höchsten Paß zu fahren, das höchste, ständig bewohnte Alpendorf (Juf, 2126 m, südlich der Via Mala) zu besuchen, was nun aufgrund meiner Baustellen-Irritation hinter Chur gestrichen werden mußte. Irgend etwas, was zählt und imponiert, mußte es sein; und wenn ihn je ein Kleinod abseits der Umgehungspisten hätte wirklich interessieren können, dann hätte es zumindest das kleinste Kleinod sein müssen oder das teuerste. Kurzum, unsere Seelen begannen zu kollidieren. Erst ganz sanft, aber dann im Crescendo. Nun, dieses Wochenende sollte auch seines werden, gestand ich ihm zu, und ich begann, meine Ausflüge in die Historie zu zügeln.

Ilanz blieb an der Strecke und auf der Strecke. Waltensburg und Trun waren die Zugeständnisse, die ich mir von meinem schweigsamen Mitfahrer abhandelte. Und dann kam Disentis, die »desertina«, also Wüstenei, in die sich vor mehr als tausend Jahren Einsiedlermönche zurückzogen, um sich ganz ihrem Glauben zu widmen, um Werke der Barmherzigkeit zu üben an jenen Paßgängern, die über den gefährlichen Höllenkurs des Lukmanier gezogen kamen, oder mit Schründen und Blasen, mit Frostbeulen und leeren Mägen den Oberalppaß herunterschlurften. Aus der Desertina von einst war längst das Mustere geworden, das herrliche Münster der Benediktinerabtei, das auch den eiligen Autofahrer von heute unübersehbar aus der Ferne grüßt. Wie man so schön liest: Zentraler Ort am Ausgangspunkt wichtiger Hochalpenstraßen, zunehmend besucht von Freunden des Wintersports.

Nägele wußte, was ihm hier blühte. Ich köderte ihn damit, daß wir alles für ein Picknick einkaufen könnten. Dann würden wir direkt am Rhonegletscher, dem einzigen, an dessen Eismassen man mit dem Auto unmittelbar heranfahren kann, ein herrliches, rustikales Mahl genießen. Das leuchtete ihm ein, und dafür trottete er auch geduldig neben mir her, als wir die wunderbar gepflegten Blumenrabatten entlang zur Portaltreppe der Abteikirche schritten. Der Kies knirschte unter unseren Sohlen. Ich habe das Bild gespeichert wie eine Agfa-Color-Reklame. Das Gelb der hohen Studentenblumen, das Goldrot der mittelhohen Phloxe davor, das samtig schimmernde Dunkelblau der Männertreu-Tuffs, die exakt geschnittenen Buchsbaumeinfassungen, und dies alles unter einem tiefblauen Himmel, von dem die Sonne behaglich herunterbrannte, um die Schmuddelkälte und Modrigkeit der letzten Tage endgültig zu tilgen.

Die Abteikirche – was soll ich dem Leser dazu sagen? Sie erlitt nicht nur das Schicksal vieler Kirchen im Alpenraum, daß der Blitz mehrfach hineinfuhr und vieles Ursprüngliche in Asche verwandelte, nein, sie wurde mehrfach von Söldnerbanden gebrandschatzt. Bilder dieses Schreckens mögen jenem Besucher auffallen, der nicht nur nach kunstgeschichtlicher Prominenz gafft, sondern auch die Einfachheit von gutgemeinten Illustrationen in den Deckenfeldern als Dokument annimmt. Das machte es für Nägele ganz besonders schwer, Geduld aufzubringen: kein Rembrandt, kein Tintoretto, kein Leonardo oder wenigstens jemand aus der Schule des Michelangelo; kein Superlativ, außer jenem, im ältesten und einzigen Benediktinerkloster der Schweiz zu weilen. Dürftig, dürftig.

So drängte er alsbald heraus in die gleißende Sonne. Ihn interessierte die monströse Fotoausrüstung eines filmenden Touristen mehr, der offensichtlich ein Mini-Hollywood mit sich herumschleppte, sicherlich Superlative von Objektiven und ein Monstrum von Stativ. Gnade dem, der solchem Reisenden nach seiner Heimkehr in den Sog seines Projektors gerät. Allerdings, für seine Tonspur müßte er anderes als das Gekreische von Kindern, das Knirschen von Kies und den Pfiff der SBB unterlegen, denn die Orgel blieb stumm. Aber hier Choräle einzuspielen, ist sicherlich eine der leichtesten Übungen.

Früher, als ich eigentlich vorhatte, erlöste ich Nägele aus seiner Langeweile. Auch ich hatte schon ganz das Picknick in Kopf, da kam mir auf dem langen blumengesäumten Kiesweg ein etwas lässig gekleideter Hochwürden daher. Und neben ihm – erst nahm sie meine Augen auf die Entfernung achtlos wahr, dann zuckte es, dann riß es mich aus allen Gedanken....., ich faßte mich an die Stirn, Schweiß brach aus....., ich schaute wieder und wieder hin – das ganze ja nur eine Angelegenheit von Sekunden, wie man eben jemandem begegnet, der in die entgegengesetzte Richtung geht –, aber es gab gar keinen Zweifel: A n n e m a r i e ! Zumal sie nun auch lächelte, mir offen ins Gesicht lächelte! Dabei aber eigenartigerweise ganz und gar unbeeindruckt weiterging, stur an der Seite dieses Kaplans (oder was er war) verblieb, sich jedenfalls nicht umdrehte, als ich es tat und sich in mir alles umdrehte. A n n e m a r i e !
A n n e m a r i e ?

Vielleicht nimmt sich ein Leser immerhin die Zeit mitzufühlen, wie es jemandem geht, der ein tiefgreifendes wirkliches oder in der Phantasie durchlittenes Erlebnis endlich verdrängt, endlich unter eine Grabesplatte im tiefsten Hades seiner Seele beerdigt hatte, es ein für allemal ausgeschwitzt und überstanden glaubte, wenn er sich noch einmal zu den Lebenden, Normalen, zu den Leistungsträgern dieser Gesellschaft zurückgerobbt hatte und den bürgerlichen normalen aufrechten Gang wieder eingeübt hatte, wenn sich dann nicht etwa die Grabplatte hebt, nein, der Beerdigte, der Verdrängte, der eigentlich gar nicht Existente, die Traumgeburt, an einem solchen Tag, kurz vor dem Käse- und Brotkaufen, lächelnd daherkommt mit ganz und gar offenem Visier.

Nägele, der neben mir hertrottete, verdient zitiert zu werden, mit zwei Sätzen, die tief eingeätzt sind unter jenem Disentis-Scenario:

»Frauen gibt es«, so sagte Nägele, der Controller Nägele, »die sind so schön wie auf einem italienischem Gemälde!«

Und er schaute zu mir rüber, offensichtlich beeindruckt von Annemarie, die ihre schwarzen langen Haare zu einer Art Wellenkranz um ihren Kopf gelegt hatte, von ihrer eigenartigen Blässe, die durch ein schwarzes, ganz schlichtes, sehr lose fallendes Gewand noch besonders zur Wirkung kam, von ihren dunklen Augen, dem überaus gepflegten Gesicht. Ich mußte diese Einzelheiten sämtlich nach dieser Begegnung aus meinem Gedächtnis abrufen, denn ich war im Augenblick geschockt, gelähmt auch – denn sonst wäre ich doch Annemarie nachgelaufen. Sie w a r es! Da gab es gar keinen Zweifel, nicht den geringsten.

Dann hörte ich Nägele wie aus einer völlig anderen Welt zu mir sagen: »Aber Herr Dr. Temme, Sie sind ja aschfahl! Fehlt Ihnen etwas?«

Ja, Nägele, es fehlte mir etwas; es fehlte mir sehr viel in diesen Sekunden. Nur Sie waren absolut überflüssig!

Ich wäre gern allein gewesen. Ich hätte gern die Kraft besessen, die Unbekümmertheit, direkt zurückzulaufen, um Annemarie anzusprechen, und mochte neben ihr stehen, wer wollte. Aber Nägele hielt mich festgenagelt. Konnte ich vor ihm, meinem Mitarbeiter, jetzt die ganze Geschichte offenbaren? Konnte ich riskieren, daß nun ein Dritter, jemand, der mich bisher für normal hielt und sogar Respekt vor mir hatte, in die Geschichte eingeweiht würde?

Nun gut, jetzt – Stunden und Tage, Wochen danach – fallen mir viele Möglichkeiten ein. Ich hätte etwas erfinden können. Nägeles Respekt wäre ja noch gewachsen, hätte ich ihm gesagt: »Das Gemälde von Frau, jene Edelfrau, der Sie ja gerade in die Augen geschaut haben, ist eine gute Freundin von mir. Kommen Sie, wir gehen gleich hin!«

Aber da war ein Risiko, das ich offensichtlich sehr wohl in meinem Unterbewußtsein spürte: Was, wenn sie mir die kalte Schulter gezeigt, wenn sie mich und unsere Bekanntschaft schlicht geleugnet hätte? Sie hatte ja wohl auch etwas verdrängt! Da war ja, wenn dies ganz bestimmt und ohne jeden Zweifel jene Annemarie war, die mir in T. begegnete, etwas mit ihr vorgegangen. Ihre Flucht, so mußte es jetzt ganz klar genannt werden, war ja motiviert, gewollt! Dann also war sie tatsächlich aus unserem gemeinsamen Nachtlager aufgestanden. Mein Gott! Ich faßte mich wieder und wieder an die Stirn. Es ist erstaunlich, welche Datenmengen, welche Bilderstürme, welche Dramen sich in Bruchteilen von Sekunden in unserem Gehirn umwälzen können.

Nägele hatte mich am Arm gepackt, ein wenig zur Seite gedrängt, weil ich sonst mit einem Strom junger Pfadfinder kollidiert wäre und mit einer Gruppe japanischer Ehrenmänner, die hier im »full-dress« tapfer durch die Sonnenglut marschierten.

Ich faßte mich und konnte sogar wieder Ränke schmieden.

»Nichts, Nägele, nichts! Nur, daß ich schnell noch einmal in die Kirche zurückgehen will, weil ich mich dort an ein Detail erinnere, das ich an einem Säulenbild aufgeschnappt habe. Es beginnt, mich zu beschäftigen. Am besten ist, wir treffen uns am Auto, und Sie kaufen schon mal ein: Semmeln, Butter, Käse, Bündnerfleisch. Und vergessen Sie Getränke nicht. Einen schönen trockenen roten Landwein!«

Ich gab ihm hundert Franken und den Autoschlüssel. Dann, als er durch das Tor verschwunden war, raste ich – so geziemend, wie das nur gerade ging – zur Kirche zurück, erklomm die Stufen und tauchte in der Kühle des monumentalen Baues unter.

Meine Augen waren geblendet. Sie paßten sich nur langsam dem Dunkel in den Seitenschiffen an. Ungeduldig war ich. Ich brannte darauf, Annemarie zu erspähen, und eilte von Gruppe zu Gruppe. Ich durchwühlte die Pfadfinderschar mit meinem Blicken – nichts. Die Japaner hatten sich um das Säulenbild geschart – um jene Bildgeschichte von Märtyrern und Stiftern. Von Annemarie keine Spur! Und wo war jener Kaplan oder Jugendpfarrer, der lässig gekleidete? Konnte eine Kirche Menschen so verschlucken? Gab es eine Krypta? Einen Turmaufgang? Waren sie beide zur Orgel hinaufgestiegen? Ich eilte ständig zwischen Hauptportal und Altar hin und her. Nein, Annemarie, tue mir das nicht an, wieder zu entkommen, dich wieder in Nichts aufzulösen, mich so zu ignorieren. Sollte alles noch einmal von vorn beginnen?

Wieder wandte ich mich dem Altar zu und begann staccato zu beten:

»Herrgott, ich bin wahrhaftig keiner, auf den du stolz sein kannst. Ich habe dich lange nicht mehr angesprochen. Meine Gebete sind seit Jahren verstummt. Ich habe gegen dich aufbegehrt, habe dich für den Schutt und das Leid dieser Welt verantwortlich gemacht. Habe dich als Hirngespinst von Menschen tituliert, die sich mit dem Tod nicht abfinden können und mit sich selbst nicht zurechtkommen. Die einen Supermann benötigen, um ihre Probleme irgendwem vor die Füße schütten zu können...Herrgott, aber jetzt stehe ich vor dir und flehe dich an... nicht noch mal von vorn... Sag' mir, wo die Annemarie ist – wo ist I.v.D.? Wo ist die schöne Frau, die hier eben zu dir kam?

Ich stockte. Schaute mich wieder und wieder um. Nahm mein ›Gebet‹ wieder auf:

»Herrgott, der du diese aberwitzigen Zufälle gelenkt hast – das Wetter, die Straßen, die Wohnwagen, die Bauarbeiten –, der du den Zeitpunkt zu lenken verstanden hast – du kannst doch jetzt nicht einfach so tun, als sei dies alles, alles, alles. Diese eine Sekunde! Herrgott!!!«

Ich betete mich in Zorn. Meine Aufmerksamkeit halb dem Portal zugewandt. Den Stimmen.

»Herrgott, diesmal habe ich einen Zeugen! Der Nägele hat sie gesehen! Sie ist kein Phantom! Ich bin nicht verrückt! Ich leide nicht an Halluzinatioen! Mein Gehirn ist intakt! Wo ist Annemarie?«

Ich fragte IHN im Ton eines Ganoven, der eine Wumme in der Hand wiegt und den Tresorschlüssel herauspressen will.

Nichts. Ich dachte an Nägele und den Käse. Daran, daß er wohl schon längst wieder Runden ums Auto drehte. Daß er meinen Schwächeanfall beobachtet hatte. Daß er mich für verrückt halten könnte. Daß dieser gemeinsame Ausbruch aus unserer beider Normalität Folgen haben würde.

Noch einmal versuchte ich, mich ganz kühl zu besinnen.

»Jetzt machst du einen Rundgang. Ganz sorgfältig. Ganz ruhig!« sagte ich zu mir. »Und schaust noch einmal jede Gruppe von Menschen sorgfältig an. Dann gibt es vielleicht einen Kreuzgang, den zum Kloster, zur Schule. Da schaust du auch nach!«

Und gehorsam folgte ich meinen eigenen Anweisungen. Aber Annemarie blieb verschollen. Der Ausgang zum Kloster verschlossen. Die Sakristei traute ich mich nicht zu betreten.

Erschüttert verließ ich die Kirche. Gebrochen. Zerschmettert. Mir war, als sei ich von einem herrlichen Gipfel erbärmlich abgestürzt, von Fels zu Fels, und immer noch einmal aufgeprallt, und immer noch nicht von einem gnädigen Tod erlöst. Der Sturz schien kein Ende zu nehmen. Erst der knirschende Kies und der Blick eines wonnigen kleinen Blondschopfes machte dem fürchterlichen Tagtraum ein Ende. Mutlos und resigniert stapfte ich dem Ausgang zu, da begann die Orgel zu spielen! Irgendeine kurze Improvisation. Jetzt wieder!

Ich hetzte zurück. Wer immer mich an jenem Vormittag beobachtet hat, er hätte mich ebenso für einen Verrückten wie für einen Kirchenräuber halten können. Wieder die Schwierigkeit mit den Augen. Aber auch eine schnellere Adaption hätte mir nichts genutzt: Der Orgelspieler blieb mir verborgen. Ich konnte nicht einmal erkennen, ob mehrere Personen auf der Empore waren. Das Präludium zu einem Kirchenlied erfüllte den Raum mit Leben und legte sich wie ein Trost auf meine Seele.

»Herr, sei meiner Seele gnädig!« betete ich noch einmal so vor mich hin, als ich meine letzte Hoffnung begrub und zurücklief ins banale Leben. Alles schien mir mit einem Mal wertlos geworden zu sein. Nichts als eine Kulisse, ein Possenspiel.

Als ich Nägele am Auto sah, versuchte ich, mich zusammenzureißen. Meine ärgste Angst war es, als schizophren zu gelten. Es erkennen zu lassen, daß mit mir was nicht stimmen konnte.

Ich redete mich raus, es habe so lange gedauert, weil ich

noch den Ausführungen eines Kirchenführers gelauscht hätte, der just das Bild erklärte, um das es mir gegangen sei. Und ich hätte so ein ähnliches Bild aus meiner Heimatkirche in Erinnerung, weit drüben in der DDR, in der Diaspora. Und es habe mich einfach an meine Kinderzeit erinnert, an meine Zeit als Meßbub und so weiter und so weiter.

Wer mochte es mir verdenken, daß ich sehr unkonzentriert fuhr. Daß meine Gedanken ständig bei jener Frau waren, die mir da im Klostergarten begegnet war, um wieder einmal zu verschwinden.

War es die zweite Warnung vor dem Tod?

Der Tod als Frau? Ein Totentanz?

Ich schaltete das Autoradio ein, um diese Phantasien zu verscheuchen, eigentlich in der Erwartung, nichts als Störungen einzufangen, weil die Bergwände jeden Empfang verzerren müßten und die eingetasteten Stationen in der Schweiz nicht zu empfangen wären. Da schlug das Schicksal wieder zu.

Es gibt Musik, die mich wahnsinnig (ich gebrauche das Wort sehr vorsichtig, wie man verstehen wird) gefangennimmt. Musik, bei der Schauer über meinen Körper rieseln. Schon früher meinte ich, bestimmte Melodien, bestimmte Kompositionen öffneten Fenster in eine andere Welt. Wenn sie irgendwo erklangen, war es mir unmöglich, bei der Sache zu bleiben. Ich schämte mich sogar meiner Tränen nicht, die solche Werke in meine Augen schießen ließen. Und hier, auf den Kurven des Oberalp-Passes, erklang – gerade, als ob jemand darauf gewartet habe, daß ich einschalte – jenes wunderschöne leidvolle Andante des Klavierkonzertes Nr. 17 in G-Dur von Mozart, eine meiner Schicksalsmelodien. Mag der Leser, wenn er will, sich diese Musik von einer Platte oder Kassette einspielen. Ich kann sie nicht schildern, kann nur versuchen, das zarte Zusammenspiel von Klavier und Oboe einigermaßen durch Worte hier nachzuzeichnen. Aber als mich jene Klänge zu erfüllen begannen, wußte ich – so fest, daß es nun auch wirklich gar keinen Zweifel mehr für mich geben konnte, daß ich Annemarie leibhaftig begegnet war und ich mich dieser

Herausforderung stellen mußte. Wäre ich allein im Wagen gewesen, ich hätte gewendet und wäre sofort nach Disentis zurückgefahren, um den Ort nicht eher zu verlassen, ehe ich nicht dieser Frau gegenübergestanden hätte, um ihr zu sagen: Wer immer du bist, ich liebe dich! Und ehe du mich nicht erlöst, werde ich keine Ruhe mehr finden.

Auf der Paßhöhe übergab ich Nägele das Steuer. Ich wäre in der Tat nicht in der Lage gewesen, das Auto sicher zu lenken. Und er konnte nun endlich Ordnung in den Tag bringen.

Lange bewahrte ich die Frage auf meinen Lippen, hütete sie geradezu ängstlich, aber als wir dann angesichts des Rhonegletschers unser rustikales kaltes Buffet genossen und ich verträumt in die Gegend stierte, schlüpfte sie mir heraus:

»Nägele«, fragte ich, »Nägele, diese Frau vorhin im Klostergarten, von der Sie meinten, sie sähe aus wie ein Gemälde italienischer Meister – mir kam sie vor, als habe sie uns gekannt?«

Und dann kam jener Satz, für den ich Nägele ausnahmsweise mal hätte umarmen können, ein Satz wie eine Erlösung:

»Ja, wenn ich ganz ehrlich sein darf, Herr Dr. Temme, hatte ich den Eindruck, als würden Sie sie kennen. Und ich war eigentlich auch bisher überzeugt, daß Sie der Dame in die Kirche gefolgt seien. Die Geschichte mit dem Bild habe ich Ihnen – mit Verlaub gesagt – gar nicht geglaubt!«

Er lächelte verschmitzt und stopfte sich eine Ladung Bündnerfleisch zwischen die Zähne.

»Wenn's nur so gewesen wäre!« seufzte ich und zitierte ein Wort meines Religionslehrers, übrigens das einzige von ihm, was ich noch wörtlich zu zitieren in der Lage bin:

»Schöne Frauen, Jungs, schöne Frauen sind auch zur höheren Ehre Gottes geschaffen. Sie anzuschauen, ist wie ein Gebet!« Gott hab diesen Kirchenmann selig. Denn umgehend begann ich meine Standardsünde aus meinem Beichtzettel zu streichen, daß ich etwa meine täglichen Gebete vernachlässigt hätte.

Das Mahl war üppig. Die Höhenluft und der Dole ließen

uns träge und schläfrig werden. Nägele hatte sich in der Sonne ausgestreckt. Auch ich versuchte, etwas abseits noch eine Mütze Schlaf zu erhaschen. Doch war ich noch keine fünf Minuten weggetreten, da schreckte ich schon wieder hoch. Auf dem Kassenzettel unserer Picknick-Einkäufe notierte ich diese Zeilen, die ich später in meiner Rocktasche wiederfand, als wir längst nachhause zurückgekehrt waren:

Ich wollte meiner Sehnsucht einen Namen geben.
Deinen.
Du gehst an mir vorbei.
Du schaust mich an
und spürst etwas.
Vielleicht macht es Dir Angst.
Vielleicht verstehst Du auch
die Sprache meiner Augen nicht.
Nicht meine flehentliche Geste
Nicht den stummen Schrei
meines Herzens.
Und meine Worte?
Würden sie nicht vollends
Dich verletzen?

Was aber macht mich sehnen?
Nach Dir?
Warum schau' ich Dich an?
Warum suche ich unter allen
Dich? Die Namenlose?
War es die Sprache Deiner Augen?
Deiner Gesten?
Oder nur ein Mißverständnis?
Eine Illusion?

Und meine Sehnsucht bleibt
für immer namenlos.

* * * * * * *

- IV -

Eine heiße Spur

Wie sehnte ich die Nacht herbei! Eine Nacht des Nachdenkens, der Konzentration. Eine Nacht ohne das wohlgemeinte Begleitgeschwätz des Nägele.

Allein sein wollte ich mit meinen Gedanken an jene rätselhafte Frau.

Warum nahm sie mich so gefangen? Es gab Momente, in denen ich mich selbst des Schwachsinns, der Hysterie und des Rückfalls in die Pubertät bezichtigte. Aber dann drängte die Erinnerung an T., an unsere erste Begegnung, an die Gespräche zwischen den Feldern, alle Selbstvorwürfe mit Macht zur Seite. Alle Erinnerungen, die ich mehr als zwei Jahre zu töten versucht hatte, sie waren plötzlich wieder gültig, sie wurden glühende Wirklichkeit. Wenn, ja, wenn diese Frau im Klostergarten tatsächlich jene Annemarie war, die damals den Weg zu mir gefunden hatte!

Sie hatte mir zugelächelt. Das war selbst Nägele nicht verborgen geblieben.

Was, wenn sie nur eine perfekte Doppelgängerin war? Eine Frau, deren Lächeln meinen weit aufgerissenen Augen galt, die starr auf sie gerichtet waren? Sie hatte sich nicht umgedreht. Kein Zeichen gegeben. Und war verschwunden.

So sammelte ich Argumente für und gegen mich. Für und gegen eine reale Annemarie. Das Andante, die Schicksalsmelodie, war ich ja bereit, in die Welt der Mystik zurückzuscheuchen. Aber kann ein Mensch einen so perfekten Doppelgänger haben? So ähnlich im Gang? In den Bewegungen? Im Lächeln? Und natürlich in den Gesichtszügen? Ja, wenn ich all die Tage und Nächte vorher von ihr geträumt hätte, wenn mein Kopf nur noch voller Annemarie gewesen wäre, dann hätte es wohl sein können, daß ich sie wie ein Traum-Hologramm vor mir erstehen ließ. Aber Annemarie war doch inzwischen verdrängt. Annemarie war tief vergraben. War ausgelöscht worden in meinen Gedanken, weil ich nur mit

Angst, mit Unsicherheit und Selbstzweifeln an sie hätte zurückdenken können.

Weshalb nur möchte ein Mann eine ganz bestimmte und nur diese Frau wiedersehen? Abends, als wir endlich in einem gemütlichen »Bären« und demnach im Bernischen eingekehrt waren und ich mich endlich in mein gemütliches, von einem weiten Vordach beschirmten Zimmer zurückziehen konnte, rasten die Phantasien, die Gedankensplitter, die Hypothesen durch mein Gehirn. Ans Schlafen war nicht zu denken.

Weshalb möchte ein Mann diese eine Frau wiedertreffen? Um die Niederlage von damals aufzuklären? Eine Schmach zu tilgen? Und wieder zu sich selbst zu finden und keine »Blinden Flecke« in seiner Seele dulden zu müssen? Oder war es deshalb, weil zwischen mir und Annemarie ein solcher Magnetismus spürbar war? Weil sich unsere Herzen, man verzeihe diese kitschige Formulierung, so nahe gekommen waren? Sie hatte doch damals, wenn ich ihr glauben konnte, wochenlang nach mir gesucht. Sie hatte mir nachgespürt. Sie hatte Fährten aufgenommen, von denen sie der Meinung war, ich hätte sie ausgelegt, damit jemand zu mir fände, der meine Sprache spricht, der auf einer gemeinsamen Wellenlänge sendet und das »alter ego«, das andere Ich, die andere Hälfte zur Ganzheit der Persönlichkeit darstellt. Wenn sie diese andere Hälfte war, dann, ja, dann wäre es erklärlich, daß ich sie suche, immer und überall. Und daß heute morgen die Funken stoben. Daß mit dieser Sekunde der Tag, mein ganzes Verhalten, mein Leben wieder total verwandelt wurde.

Nägele hatte es mehrfach bemerkt, hatte mehrmals besorgt gefragt, ob mir etwas fehle. Ich sei so schweigsam, so anders geworden. Es ginge ihn zwar nichts an, aber ob sich in der Kirche irgend etwas ereignet hätte? Das, was ich ihm verbergen wollte, hatte er wahrgenommen.

Unruhig stapfte ich auf und ab, obwohl die Dielen knarzten und ich fürchtete, andere Hotelgäste zu wecken. Dann ging ich noch einmal nach draußen, um noch ein paar Schritte am See entlangzulaufen.

Für kurze Zeit keimte die Idee in mir, in der Nacht noch einmal nach Disentis zu fahren. Vielleicht gäbe es eine verräterische Autonummer? Kam I.v.D. aus der Gegend von Frankfurt, was sie zumindest nicht verneint hatte? Im Geiste versuchte ich, einen Film ablaufen zu lassen, welche Autos ich in Disentis gesehen hatte. Welche waren mir im Gedächtnis geblieben? Der Citroen hinter uns auf dem Parkplatz? Irgendwo war mir ein Porsche mit einer besonderen Lackierung aufgefallen. Mit irgendwelchen Farbschattierungen. War das in Disentis? Oder vermischte ich Eindrücke aus anderen Plätzen? Und zudem: Vielleicht war sie mit einer Reisegruppe gekommen.

Ich war früher längere Zeit als Journalist tätig und hatte eine gewisse Routine im Recherchieren behalten. Könnte ich ans Verkehrsamt schreiben – aber was fragen? Oder ans Kloster?

Ich fand keinen Zipfel, an dem ich hätte das Gespinst greifen können. Die Nacht am See war kalt. Von den verschneiten Höhen fielen kalte Luftstaffeln zu Tale. Übermüdet zog ich mich in mein Zimmer zurück. Allmählich vermischten sich Gedanken und Traumfetzen. Zwanzig Minuten mochte ich geschlafen haben, da war aus dem Porsche und Tausenden anderer Autos ein Alptraum entstanden. Ich sah den Wagen genau vor mir. So genau, wie man im ersten Tiefschlaf etwas sieht.

Wachen..... Wachen trotz Übermüdung..... Informationen rotieren..... Ein Glas Wasser..... Frieren..... Schwitzen..... Überlegen..... Aufstehen, eine Notiz machen..... Über Disentis zurückfahren und im Kloster ganz offen nach der Frau fragen. Sie beschreiben. Aber mit welcher Begründung?

Der Klosterbruder fragte inquisitorisch: »Sind Sie mit der Dame verheiratet? Ist sie Ihre Mitarbeiterin? Warum möchten Sie sie sprechen? Wenn es sie überhaupt gibt. Wie groß soll sie sein? Und was hatte sie an? Und sie soll in unserer Kirche verschwunden sein? Wie stellen Sie sich das vor? Was wollen Sie von dieser Dame? Sie sollten die Dame in Frieden lassen.«

Ich stand vor ihm und kam mir ganz klein vor. Wie ein dummer Schuljunge.

»Aber ich habe etwas gefunden, das ihr gehört!«

»Was haben Sie gefunden?«

»Etwas sehr Persönliches, von dem nur sie und ich weiß!«

»Wo hat sie es verloren?«

»Im Klostergarten, bei der Bank!«

»Warum haben Sie es nicht sofort abgegeben?«

»Ich bin ihr nachgelaufen, in die Kirche!«

»Und warum haben Sie es ihr nicht gegeben!«

»Ich konnte nicht so schnell hinein. Auf der Treppe hatte jemand viele Kabel verlegt, für Scheinwerfer, um zu filmen. Er ließ mich nicht durch!«

»Aber die Dame konnte nicht heraus!«

»Doch, die Kirche hat doch mehrere Türen!«

»Wollen Sie sagen, eine Dame habe Eingang in ein Mönchskloster gefunden?«

»Aber irgendwo muß sie doch geblieben sein!«

»Tut mir leid, ich kann Ihnen nicht helfen!«

Der Traum-Mönch ließ das kleine Fenster herunterknallen. So laut, daß ich aufwachte.

Ich klaubte den Traum zusammen. Fand Gefallen an der Idee. Setzte mich an den Tisch und schrieb auf meinen Block:

»*Hochwürdige Herren,*

gestern, am 5. September, zwischen elf und zwölf Uhr, besuchte ich Ihre Abteikirche. Als ich durch den Klostergarten wieder zurück zur Stadt ging, begegnete mir ein Geistlicher in Begleitung einer jungen, schwarzgekleideten Frau. Ich schaute mir gerade Ihre wunderschönen Blumen an, da sah ich auf dem Kies ein goldenes Kettchen mit einem Anhänger liegen. Ich vermutete, daß diese Frau es verloren hatte, nahm es an mich und lief in die Kirche zurück, wohin die Frau mit dem Geistlichen gegangen war.

Leider konnte ich trotz intensiver Suche weder die Frau noch den geistlichen Herrn entdecken. Sie waren wie vom Erdboden verschwunden. Vielleicht gibt es mehrere Ausgänge, die ich jedoch nicht fand.

Ich möchte der Frau den Schmuck, der offensichtlich ein sehr persönlicher Schmuck ist, zurückgeben.

Dankbar wäre ich Ihnen, wenn Sie nachforschen könnten, wer der geistliche Herr und wer die Frau in seiner Begleitung war.

Mit Dank für Ihre Bemühungen und ergebenen Grüßen...«

Dieser Trick, der mir im Traum sozusagen eingegeben worden war, erschien mir so vortrefflich, daß ich nach meinem nächtlichen Diktat bald in tiefen Schlaf versank.

Er währte nicht lange.

Schon als sich die ersten Lichter mit dem Nebel auf dem Wasser vermischten, stand ich auf dem Balkon.

»Temme«, sagte ich zu mir. »Temme, es wird Zeit, daß du wieder normal wirst. Du hast doch eine Macke mit diesem Mädchen. Mach dich doch nicht lächerlich. Das Mädchen hat gelächelt, weil ihm der Kaplan einen Witz erzählt hat. Ein Anekdötchen von der Reise. So wie du tausend Anekdoten drauf hast. Temme, sei dir doch klar: Das Mädchen gibt es nicht. Du träumst von d i r ! Du hättest gern ein solches Mädchen. Aber das Leben ist hart. Es erfüllt keine Träume. Wenigstens dir nicht. He, Temme, wach'auf!

Ich hatte den Brief schon in der Hand und wollte ihn zerknüllen, da dachte ich mir: Eigentlich kann nichts passieren.

Draußen auf dem Balkon jedoch traf ich wieder meinen Gerichtsherrn, mein hartes, zynisches Ich. Und wieder nahm es mich in die Zange.

»Temme, das ist doch Quatsch. Nachher wirst du noch wegen Fundunterschlagung verhaftet. Und dann mußt du ein goldenes Kettchen und einen sehr persönlichen Anhänger kaufen, ein Medaillon oder so etwas, um es dem Fundbüro Disentis auszuhändigen. Kannst ja eine Locke von dir drin festmachen!«

Ganz schön höhnisch, dieser andere Bursche. Aber jetzt ließ ich nicht locker.

»Paß auf«, sagte ich zu Temme II. »Paß auf, jemand, den es tatsächlich gibt, weil nämlich der Nägele ihn auch gesehen hat, da gibt es keinen Zweifel; also, jemand geht in eine Kirche hinein und kommt nicht wieder heraus. Aber er ist auch nicht drin. Was sagt deine Logik jetzt?«

Sagt der Temme II doch glatt: »Klar, da gibt es jede Menge Ausgänge. Also einen für die Mönche, daß sie alle drei Stunden zum Gebet gehen. Einen für den Organisten, damit er zu seiner Orgel gelangen kann. Einen zur Sakristei, wo der Pope rauskommt. Und zweie zu den Türmen, wenn da Türme sind. Also: jede Menge Türen. Und der junge Schwarzgewandete, der mit dem Mädchen geschäkert hat, hatte die Schlüssel. Vielleicht so ein Bruder Beschließer oder Kustodian. Kapiert?«

»Dann schreib' ich doch den Brief«, sagte Temme I. Und dabei blieb es. Und damit ich nicht noch kneifen konnte, legte ich ihn gleich in einen Umschlag, fügte sogar eine Briefmarke bei für die Rückantwort, frankierte und warf das Kuvert noch vor sechs in den Kasten unten am Haus.

Nägele hatte gut geschlafen und war wieder mit sich und der Welt, Unterabschnitt ›Berner Oberland‹, voll zufrieden. Er fand mich wieder fröhlich und erholt. Natürlich habe ich ihm kein Sterbenswort von meinem Brief erzählt.

Aber die Macht des Schicksals läßt sich so leicht nicht in die Knie zwingen. Weiß Gott, warum nun heute schon wieder das Klavierkonzert in G-Dur auf dem Programm stand. Es wird eigentlich sehr selten gespielt. Irgendein Mozart-Jubiläum? Eine Festwoche?

Nun, ich hörte es gern.

Aber als wir abends wieder auf dem Domplatz in St. Gallen parkten, eher zufällig, weil wir in der Nähe noch etwas essen wollten, stand dort genau der Porsche, von dem ich nachts geträumt hatte. Ein 928. Mit einer Sonderlackierung in Silber mit einem darübergelegten blauen, mathematischen Design. Teils durchbrochen in einem Raster von Pfeilstrichen, erst dicker, dann immer dünner werdend. Teils voll ausgemalt und nach hinten sich gleichmäßig abschwächend, bis das Blau ins Silber überging. Daruntergelegt zwei durchgehende Striche.

Wenn man mich gefragt hätte, ob ich das Auto schon mal woanders gesehen hätte, meine Antwort wäre auch ohne meinen Alptraum ein schnelles Ja gewesen.

»Nägele, haben wir den nicht gestern schon mal gesehen?«

Er meinte: »Ja.« Aber er war sich nicht sicher, ob auf dem Oberalppaß oder auf der Furkahöhe.

Na ja.

Wenige Tage nach unserer Rückkehr kam Antwort von den Mönchen. Sehr höflich. Und so kühl wie die Nacht:

»Sehr geehrter Herr Dr. Temme,

bei der von Ihnen geschilderten Dame handelt es sich mit großer Wahrscheinlichkeit um die Leiterin eines Reiseunternehmens, die am 05.09.85 vorübergehend Gespräche in unserem Hause führte.

Nach telefonischer Auskunft vermißt sie jedoch kein Schmuckstück.

Wir empfehlen Ihnen, die Fundsache ordnungsgemäß beim hiesigen Fundamt zu deponieren, und haben unsererseits dorthin eine Information gegeben, wie der Verlierer mit Ihnen Kontakt aufnehmen kann.

Hochachtend«

Schon am selben Nachmittag verfügte ich über das komplette Adressenmaterial der Reiseunternehmen in der Bundesrepublik, gespeichert auf Diskette und somit vielfältig abrufbar.

Nun könnte der Personal Computer einmal zeigen, daß er auch ein höchstpersönlicher Computer sein konnte.

Nach wenigen Selektionen prangte es in leuchtenden Lettern auf bernsteinfarbenem Grund:

T H E M A – R E I S E N GMBH
Spezialunternehmen für Reisen nach Wunsch
I. + M. v. Drabenegg
6240 Königstein/Ts.

Ich erfand sofort eine plausible Ausrede, um mein Chefzimmer für diesen Tag zu verlassen.

Und war für den Rest des Tages nicht mehr normal.

Wenn ich das je gewesen bin.

Natürlich hätte ich sofort telefonieren können. Aber da gab es »M«.

Natürlich hätte ich sofort schreiben können. Aufkommende Angst vor M.

Natürlich hätte ich mich sofort in mein Auto setzen können, um die 454 km nach Königstein/Ts. lustig trällernd noch am selben Abend zu überwinden. Erkunden, wer M. ist. Ein Handelsregisterauszug hätte vielleicht genügt.

Aber ich sann auf Rache! Süße Rache!

Rache für Disentis! Rache für T!

Rache für Totentänze!

Und das mußte behutsam eingefädelt werden.

Dazu brauchte ich einen vertrauenswürdigen Strohmann.

Und viele Informationen! Informationen wie

I = Ingeborg, Ingrid, Ingeursel, Ines, Iris, Ida, Ilse, Ismelda, Irma, Isabella, Isolde, Irmingard ...(Ingeburg hatte ich aus verständlichen Gründen verdrängt...)

Ein Strohmann war bald gefunden. Er schrieb an THEMA-REISEN ein artig' Brieflein, man möge ihm doch Prospekte schicken für Reisen in die Schweiz, in die Toskana und wahlweise in die Ägäis.

Nicht einmal der Absendeort sollte mich verraten; der Strohmann hatte seine Scheune in Darmstadt.

Postwendend kam Antwort. Mein Traum von der heimlichen Reise zerstob. Ausgemalt hatte ich mir die Anmeldung unter einem anderen Namen, irgendwohin. Treffpunkt vielleicht am Flugplatz. Ich stehe dort, abseits der Gruppe, in einer Nische. Beobachte I.v. Drabenegg im Dienst. Sie begrüßt alle, hakt ihre Liste ab. Einer fehlt. Tritt dann hervor. Geht auf »I« zu, mit einem triumphierenden Lächeln. »I« kann nur mühsam ihre Überraschung verbergen. Jetzt gibt es kein heimliches Entkommen. Jetzt legen sich unsere Hände ineinander. Nein, nur für die anderen ein ganz normaler Händedruck. Aber für uns? Wo wir uns berühren, fließt Energie von einem zum anderen. Persönlicher Magnetismus. Ausstrahlung, die die Haare knistern, den Rücken erschauern, das Herz rasen läßt; der Mund wird trocken, sehnt sich nach dem alles erlösenden Kuß. Nicht hier, vor den anderen. Aber sie merken es. Ich weiß, das ist nicht gut für das Klima in der Reisegruppe. Eine Reiseleiterin, noch dazu eine so schöne Frau, gehört im Geiste allen. Alle wollen wissen: Mich hat sie ganz besonders lieb angeschaut. Jeder hält sich für unwiderstehlich. Jeder geht mit ihr heimlich schon aus in eine kleine, gemütliche und intime Bodega. Und die Frauen passen auf. Sie lassen in ihrem Urteil keine Liederlichkeit zu. Für sie muß eine Reiseleiterin ein Neutrum bleiben. Eine reizende Person. Und so aufmerksam. Diese vornehme Distanz. Diese sichere Routine. Und wie sie dem Herrn Müller, freundlich, aber deutlich, die Grenzen gezeigt hat – die ideale Reiseleiterin! Den Männern eine Traumgespielin, den Frauen jedenfalls keine Konkurrentin, sondern Stütze und jederzeit Ohr für alle Wehwehchen.

Ja, so schön war meine Traumreise ausgeheckt: Abflug in drei Wochen mit »I«, mit meiner Annemarie. Drei Wochen mit heimlichen Begegnungen. Mit Wanderungen. Gemeinsamen Mahlzeiten. Gesprächen. Zärtlichen Blicken. Nächten voller Zärtlichkeit. Inniger Verschmelzung. Und bei der Rückkehr geben sie der Reisegruppe ein süßes Geheimnis preis: Wir werden ein Paar. Wir werden heiraten. Bewundernde, haßvoll-bewundernde Blicke. Happy End.

Nichts so. Der Weg zum Glück führte wieder in eine Sackgasse. Wie in einem teuflischen Irrgarten.

Sehr geehrter Herr Langemann,

wir danken Ihnen für Ihre Anfrage. Die THEMA-REISEN GMBH ist jedoch kein Reiseveranstalter im üblichen Sinne.

Bitte wenden Sie sich mit Ihren Wünschen an die zahlreichen anderen Reisebüros und Organisationen.

Zu Ihrer Information legen wir Ihnen ein Faltblatt über unsere Leistungen bei.

Vielleicht können wir auch Ihnen eines Tages bei der Zusammenstellung einer THEMA-Reise behilflich sein.

Mit freundlichen Grüßen

I.v. Drabenegg.

Immer nur I. ; nie ein richtiger Vorname. War I. so scheußlich wie Ilsebill oder Isidora? Und wer war – bitteschön – M.?

Ja, und das Faltblatt las sich so:

THEMA-REISEN gestaltet Reisen nach Wunsch; Reisen, die interessanten THEMEN gewidmet sind, sei es, daß Sie uns die Stationen oder Ziele einer solchen Reise bereits nennen können oder daß wir diese für Sie auskundschaften und zusammenstellen.

THEMA-REISEN sind Bildungsreisen. Es sind Reisen »ad fontes« – zu den Quellen und Ursprüngen. Ob Sie die Lebensgeschichte eines Komponisten an den Plätzen seiner Geburt, seiner Jugend, seines Wirkens und Erfolges nacherleben wollen oder den Ursprung wertvoller Erzeugnisse am Ort ihres Enstehens studieren wollen, das wären typische THEMA-REISEN.

Beispiele sagen Ihnen mehr als lange Erläuterungen.

THEMA-REISEN, die wir zur höchsten Zufriedenheit unserer Auftrageber gestalten und durchführen durften (Auszug):

o Joseph Haydn – sein Leben, seine Triumpfe
o Norica – das »Ruhrgebiet« der Römer
o Frühmittelalterlicher Silber- und Goldbergbau in den Alpen
o Auf den Spuren der ersten Alpenübergänge
o Sappho – die Geheimnisse von Lesbos
o Pompeji
o Leonardo da Vinci
o Bonifatius – an den Ursprüngen europäischer Christianisierung in Irland

- o Wallenstein – mehr als ein Feldherr
- o Neue Wege des Zusammenlebens – Inseln der Suchenden
- o Weinbau in den Alpen.

Wenn Sie ein eigenes THEMA besonders interessiert und Sie können eine Reisegruppe von mindestens fünf Personen verbindlich benennen (Höchstzahl: 20), dann setzen Sie sich bitte frühzeitig mit uns in Verbindung.

- o THEMA-REISEN erarbeitet gegebenenfalls mit Ihnen oder einem anderen Experten die Route.
- o THEMA-REISEN erforscht auch neue Wege, sucht bisher unbekannte Spuren der Vergangenheit.
- o THEMA-REISEN erledigt für Sie alle Buchungen und übernimmt Reiseleitung und Organisation.
- o THEMA-REISEN stellt auf Wunsch eine umfangreiche Reisedokumentation und Literatursammlung zur Vor- und Nachbereitung Ihrer THEMA-Reise zusammen.
- o THEMA-REISEN benötigt verständlicherweise für die Vorbereitung dieser anspruchsvollen Reisen Zeit – im Durchschnitt ein Jahr.
- o THEMA-REISEN kann verständlicherweise nicht mit Billigreisen konkurrieren. Alles Exklusive hat seinen Preis. Der richtet sich nach der Schwierigkeit und Tiefe der Recherchen, nach dem Umfang der Dokumentation, nach dem Komfort der Reisen (vom Zelt bis zum Grand Hotel) u.a.
- o THEMA-REISEN freut sich auf den Kontakt mit Ihnen. Vielleicht können wir Ihnen eine THEMA-Reise zusammenstellen, von der Sie schon lange geträumt haben. Natürlich unterbreiten wir Ihnen frühzeitig einen Kostenvoranschlag, der sich nur verändern kann, wenn Drittleistungen, auf die wir keinen Einfluß haben, sich verteuern oder auch verbilligen würden.

THEMA-REISEN-Kunden erhalten monatlich einen Kurzbericht über den Stand der Vorbereitungen.

PS: Wird eine THEMA-Reise, die mit Ihrer Hilfe und auf Ihre Kosten recherchiert und vorbereitet wurde, noch von weitereren Interessenten gebucht, erhalten Sie für jeden Fall eine Gutschrift von zehn Prozent auf die Vertragssumme I (Vorbereitungskosten).

Und natürlich gab es Kleingedrucktes.

Z.B., daß die Idee der THEMEN-REISEN urheberrechtlich geschützt sei. Von I. und M. von Drabenegg.

Und was könnte mein THEMA sein?

Ich fand diese ganze Idee großartig. Welch' ein Beruf!

Sofort hätte ich tauschen wollen. Schon immer war ich gern unterwegs. Und nun gar so, sozusagen als bezahltes Lernen und Erleben!

Meine Ideenküche brodelte. Wie wäre es mit »Auf den Spuren des Christopher Columbus«? Oder »Karl May – Dichtung und Wahrheit«? Vielleicht auch »Glanz und Elend der Kurtisanen«? »Homers Odyssee«? Reizvoll erschien mir auch eine Reise durch allerlei Länder anhand alter Stiche – nach dem Motto: »Damals und heute«.

Aber wo bekäme ich vier weitere Mitreisende her? Und würde I. für mich eine solche Reise planen und führen wollen? Was wäre, wenn statt ihrer M. die Reise leiten würde? Könnte ich das ausschließen? Wohl schwer, ohne Verdacht zu wecken.

Ständig war ich der Versuchung nahe, einfach zum Telefon zu greifen und dem ganzen Versteckspiel ein Ende zu bereiten. Was wäre schon dabei? Ich könnte ja auflegen, wenn M. am Telefon wäre. Ich erinnerte mich an T. Damals hatte mich stets eine unsichtbare Hand zurückgehalten, wenn ich Annemarie nach dem richtigen Namen fragen wollte. Jetzt ging es mir ähnlich. Irgendwie schien es mir auch zu fade, diese prosaische Lösung zu suchen.

Und das sollte ich noch bitter bereuen.

* * * * * * *

– V –

Totentanz

Nur in der Romanwelt kann man es sich erlauben,sich ganztägig über Wochen und Monate allein dem Hobby zu widmen, eine geliebte Frau zu umgarnen.

Ich war eingespannt in Termine, in Tagespläne, Projektabläufe, Besuche und Reisen. Ein Unternehmen führt sich nicht von selbst. Jedenfalls meines wollte so – ohne stetigen persönlichen Einsatz und persönliche Opfer nicht funktionieren. Also war ich viel unterwegs. Im Auto führte ich allenfalls erdachte Gespräche mit Annemarie, alias I.v.D., dachte über den Sinn der Ereignisse in T. nach und machte mir zum hundertsten Male Vorwürfe, daß ich in Disentis nicht besonnener nach Annemarie gesucht hatte. Vielleicht war sie es, die heute mit der Enttäuschung fertigzuwerden versuchte, daß ich mich nicht sofort aus der Begleitung Nägeles gelöst hatte, um ihr ein herzliches Grüßgott zu sagen.

Ständig fielen mir Themen für Reisen ein. Ich hatte es aufgegeben, mir entsprechende Notizen zu machen. Und – ehrlich – manchmal kam es mir auch albern und pubertär vor, so manisch »cherchez la femme« zu betreiben. Das allerdings waren Selbstvorwürfe, die sofort zerstoben, wenn ich mir das Bild von Annemarie ins Gedächtnis zurückrief, und nicht nur das Bild, sondern alle unsere Gespräche und vor allem die tausend ungelösten Rätsel der ersten Begegnung.

Wieder war ich in der Schweiz. Erwartete in Kloten einen Geschäftspartner. Las, als ich im Foyer des Flughafens – wenig diskret und eigentlich ungezogen – in anderer Leute Zeitung die Schlagzeilen. Für das Flugzeug wurde Verspätung gemeldet. Also noch eine Viertelstunde auf und ab. Noch mehr Schlagzeilen. Dabei war ich eigentlich des Lesens müde. Hatte die Neue Züricher bereits durchwühlt.

All das muß nun wieder unter die geheimnisvollen Zufälle gerechnet werden. Wenn die Maschine pünktlich gelandet wäre....., wenn ich mir den »Nebelspalter« gekauft hätte....., wenn ich mich nicht nach jemandem umgedreht hätte, der die »Frankfurter Allgemeine« las....., wenn ich ihn nicht frech von Seite zu Seite in seiner Lektüre verfolgt hätte.....

Denn da schlug das Schicksal wieder zu. Mit schwarzem Rand die Todesanzeige, in großen Lettern, weithin eindeutig erkennbar:

IMOGEN VON DRABBENEGG

Ein zweiter Blick, ein dritter, kein Irrtum möglich. Imogen? I.v.D.?

Meine Imogen? Und nun – IMOGEN tot! Mein Blutdruck wurde hochgepeitscht. Kälteschauer schossen mir durch den ganzen Körper.

»Dr. Temme, bitte zum Swissair-Informations-Centre. Dr. Temme, bitte zum Swissair-Informations-Centre!«

Ich raste los. Machte noch einen Umweg zum Zeitschriftenstand. Kaufte die »FAZ«, blätterte hastig die Seite mit der entsetzlichen Nachricht auf.

»Dr. Temme, bitte zum Swissair-Informations-Centre!«

Ich fand die Seite nicht. Todesanzeigen ja. Aber nicht diese.

Nein, nicht schon wieder dieses Irrewerden, diese Selbstzweifel, dieses Flattern.

Noch einmal in Ruhe suchen. Nichts. Zurück zu den Wartebänken. Der Leser war weg.

»Dr. Temme aus München, bitte kommen Sie zum Swissair-Informations-Centre in der Ankunftshalle!«

Ich hastete los. Fahrig. Total aus dem Lot. Imogen! Imogen! Tot!

Ja, Imogen, war das nicht eigentlich der einzig mögliche, der einzig treffende Name für diese Frau?

Und nun sollte sie tot sein?

Es war nicht faßbar.

Jetzt, wo sie mir zum Greifen nahe schien, jetzt, wo das Wiedersehen lediglich aufgrund meines Zögerns, aufgrund meines selbst gewählten Handicaps noch nicht zustande gekommen war, jetzt sollte sie sich wieder verflüchtigen, wieder leise fortgegangen sein, aber diesmal auf immer?

Ich mußte mit den Tränen in meinen Augen kämpfen. Sie hinter den Brillengläsern zu verbergen suchen.

Noch einmal der dringende Ruf zur Information.

Nur noch mechanisch setzte ich Schritt für Schritt, raffte meine letzten Kräfte zusammen, um meinen Klienten freundlich und aufmerksam zu begrüßen. Sollte ich ihm sagen, was mit mir los war? Daß ich ein schlechter Zuhörer sein würde? Einem Geschäftsmann, der viele Stunden geflogen war, um mit mir ein Projekt zu besprechen?

Imogen!

Ich machte besonders viele Notizen.

Imogen!

Mit dem Schreiben und Zeichnen betäubte ich meinen zerrenden Schmerz.

Imogen! Du!

Im Kopf stellte ich Berechnungen an, kalkulierte Deckungsbeiträge, skizzierte Netzpläne...

...mit dem Herzen schrie ich nach I-m-o-g-e-n.

Zum ersten Mal wich ich von meiner Maxime ab, keine harten Sachen zu trinken, bevor ein Auftrag fest unter Brief und Siegel war.

Einmal unterbrach ich das Gespräch, um mich für wenige Minuten zu entschuldigen, wie man so schön sagt. Aber »dorthin« ging ich nicht; ich klapperte jeden Kiosk ab und fragte nach der »Frankfurter« von gestern. Erfolglos.

Dann telefonierte ich mit dem Büro, ließ mir von meinem Lehrling den Text der Anzeige durchgeben:

» Noch heute wirst Du bei mir im Paradiese sein.«

Rechts oben, Blocksatz, 6 Punkt, Garamond, Kursiv«, diktierte mir der Azubi gewissenhaft. Ich bewahrte nur mühsam meine Haltung, bat aber ziemlich hart und ungeduldig darum, doch nur den Text durchzugeben und auf die drucktechnischen Angaben zu verzichten. Er wollte es halt ganz besonders gewissenhaft machen. Für den Chef.

» Nach langem und tapfer ertragenem Leid verließ uns heute unsere innig geliebte Imogen von Drabenegg. Geboren am 06.4.1955 in Klagenfurt. Gestorben am 14.09.1985 in Königstein.

Ihre Ausstrahlung, ihre unerschöpfliche Liebe und der Lebensmut, den sie uns schenkte, wird uns immer gegenwärtig bleiben.

Irmelin von Drabenegg
Manfred von Drabenegg
Madlon von Drabenegg
Ferdinand von Düben-Osterwitz ...'«

Es folgten noch einige Namen von Angehörigen, die ich nicht mehr notieren konnte.

»Die Beerdigung findet am 17. September, 11 Uhr, auf dem Waldfriedhof in Königstein/Ts. statt.

War's das, Herr Doktor? Auf Wiedersehen.«

»Ja, das war dann wohl alles!« hauchte ich fast leblos vor mich hin. »Das war dann wohl alles!« Klick

Es war mein Alles.

Mein eingeflogener Businessman mußte glauben, ich sei verunglückt. Bleich wie ich war, entschuldigte ich mich mit einer Magenverstimmung.....«vielleicht eine leichte Vergiftung durch irgendwelche Nahrungsmittel«, log ich. Er wollte mich gleich in eine Klinik transportieren lassen oder den Flughafenarzt benachrichtigen. Aber ich konnte abwehren und schluckte einen Fernet-Branca.

Imogen war dreißig Jahre alt geworden. Welches Leiden war es, das sie so früh aus dem Leben gerissen hat?

»Ja, diese Termine sind realistisch. Die Grobskizzen schikken wir Ihnen zu...«

Was würde jetzt aus THEMA-REISEN? War Manfred der Mann, den ich ganz im Geheimen, in meiner gehässigen Eifersucht Männe getauft hatte? Dann hatte ich ja nicht so fehl gelegen.

»Natürlich können wir dann in eine Feinabstimmung der einzelnen Sujets eintreten. Die Texte liegen dann schon in der endgültigen Fassung vor...«

Wer war Irmelin? Welch' ein eigenartiger Name! Könnte es wohl sein, daß meine »I. v. D.« tatsächlich die Irmelin war? Ein Hoffnungsschauer glomm in mir auf. Imogen – der Name schien mir zwar passender, aber Irmelin wäre nicht ausgeschlossen. Und war Manfred Irmelins Mann? Wer war Madlon? Auch ein aparter Name. Und Ferdinand Madlons Verlobter oder wer?

»Die Hausfarben werden auf jeden Fall deutlich herausgestellt. Wir stellen uns die Werbebotschaft so vor, daß vor allem die berufstätige Frau Schuldgefühle abbauen kann .....«

Wie alt mochte dann Irmelin sein? Oder waren Irmelin und Manfred Imogens Eltern? Das Geschäft gehört ja doch »I. + M. v. Drabenegg?« Also die Buchstaben auch in dieser Reihenfolge?

»Nein, das Weihnachtsgeschäft bekommen wir auf keinen Fall mehr mit. Dafür ist schon zuviel Zeit verstrichen. Aber wenn Sie eine Agentur finden sollten, die so kurzfristig noch so viel freie Kapazität hat, hätte ich Verständnis .....«

Es war für mich inzwischen eine Selbstverständlichkeit, daß ich sofort nach Beendigung dieses 180.000,- Mark-Gespräches nach Königstein fahren würde. Meine zarte Hoffnung war wieder erloschen. Imogen war meine Imogen, und Imogen war tot. Aber ich würde ihr im Tod jene Treue beweisen, die ich ihr zu Lebzeiten nur allzu kurz hatte schenken dürfen.

»Ja, besser zu Ostern mit aller Sorgfalt und Perfektion in diesen sensiblen Markt gehen, als vorher improvisieren und dabei den einen oder anderen Abstrich von einem ausgereiften Design riskieren .....«

Hatte sie Tuberkulose gehabt? War ihre strahlende Schönheit in Disentis das letzte Aufblühen vor dem Tod? Sah sie nicht ein wenig bleich aus? War das die vornehme Blässe der Schwindsüchtigen? Hatte sie sich deshalb meinen Blicken so rasch entzogen, um mich nicht anzustecken und mir die schmerzhafte Wahrheit zu ersparen? War das Lächeln ein letzter entsagungsvoller Gruß?

Mein Marketing-Manager zögerte mit der Unterschrift. Er bäte um Verständnis, hauptsächlich wegen des Termins. Und er habe einen Wunsch. Ob ich mit ihm einmal systematisch an den wichtigsten Geschäften in der Bahnhofstraße vorbeigehen würde, damit er einmal aus berufenem Mund eine Art Gutachten über gelungene oder mißlungene Warenpräsentationen erhalte.

»Wissen Sie, die Ware tritt so erschreckend gegenüber der Staffage zurück. Manchmal muß man wirklich mehrmals hinschauen, was die Leute eigentlich verkaufen. Environment wird alles. Der Gag. Oder die ausgeflippte Kunst.«

»Die Ware«, so dozierte ich wenig (zu wenig!) diplomatisch, »die Ware wird zur absoluten Nebensächlichkeit. Niemand braucht eigentlich das, was er da kauft. Niemand, der in der Bahnhofstraße kauft, ist in irgendeiner anderen Weise bedürftig, als daß er in der Bahnhofstraße kaufen will und dies auch kundtun will. Das Kauferlebnis, der Rausch, einen solchen Laden vor den Augen anderer zu betreten und vor den Augen neidischer anderer wieder zu verlassen, das Hofieren, das lässige, scheinbare Desinteresse, die Chance, die überkandidelte Gräfin Schobinow oder gar jemand aus dem monegassischen Fürstenhaus, einen Filmstar oder eine Sängerin zu übertrumpfen, das wird zur Hauptsache. Die Ware ist Vorwand und Dokument zugleich. Dokument zum Vorzeigen und damit Vehikel alleinseligmachender Selbstdarstellung. Diese Ware ist auswechselbar gegen anderes im gleichen Genre. Nur die teuerste, die absolut teuerste hat den unanfechtbaren Spitzenplatz. Aber brauchen? Für etwas, was man braucht, geht man in den »Globus« oder in den Supermarkt.«

Meine Vorausanalyse gefiel dem Produkt-Fetischisten nicht:

»Wie können Sie Werbung für Produkte gestalten, wenn Sie eine so abfällige Meinung von diesem Produkt haben? Dann wären ja alle unsere Bemühungen um Qualität für die Katz!«

»Ja, wenn Qualität bestes Funktionieren und höchsten Nutzen garantieren soll, dann ist sie im Höchstpreissektor Nebensache. Denn diese Sachen müssen nicht wirklich auf lange Zeit funktionieren; dazu kommt es gar nicht. Wenn Qualität Gediegenheit bedeutet, dann ja.«

In Wirklichkeit redete ich, um nicht an Imogen denken zu müssen. Ich betäubte mich selbst mit meinem Gequassel. Und vermieste mir einen Klienten, der, wie so viele, sein Produkt für etwas hielt, auf das die Welt lange gewartet hat und das unentbehrlich werden mußte.

Einem Bummel über die Zürcher Bahnhofstraße, mehr noch durch die intimeren Winkel der Altstadt, war ich bisher nie abgeneigt gewesen. Ich freute mich über die ebenso anspruchsvollen wie einladenden vielen kleinen Läden und Lädchen, Boutiquen und Galerien, über die Guckkastenschaufenster und die überaus mutigen, provokativen, kessen shop-shocker. Wenigstens dafür hatte ich immer Zeit abgezweigt. Aber heute nachmittag war es für mich eine fast unerträgliche Belästigung. Doch was tut man schon alles für einen netten, fetten Auftrag! Ich spürte es allzu deutlich: Nicht ich hatte ihn an der Angel, sondern er mich. Ich will fair bleiben. Der Marketingmensch konnte nichts, aber auch gar nichts dafür. Er meinte es wohl gut, oder wollte er mit diesem Besichtigungsprogramm noch den zeitlichen Übergang zu einem Drei-Sterne-Dinner ertricksen? Darauf lief es schließlich hinaus.

Aus der Belästigung wurde eine Qual. Hätte ich es sagen sollen? Ganz offen? Ein Trauerfall in der Familie wäre wahrscheinlich auf Verständnis getroffen. Aber nun, vor der offensichtlich erhofften Einladung, hätte meine späte Eröffnung sicherlich wie eine Ausrede gewirkt. Während des Essens allerdings offenbarte ich meine Zeitnot und daß ich noch in der Nacht nach Frankfurt fahren müsse. Und natürlich reagierte er artgemäß: Er bedankte sich in vielfachen Varianten dafür, daß ich ihm dennoch so viel Zeit geopfert habe. Den Auftrag bekamen wir dennoch nicht. Mich wunderte es nicht, hatte ich doch allzu viel andere Dinge im Kopf.

Imogen, Imogen, Imogen pochte es immer wieder wie eine Wunde, deren Schmerzen kommen und gehen und kommen und gehen.

Wieder eine lange Nachtfahrt. Wieder allein auf der Autobahn. Nieselregen. Schwärzer ging es nicht mehr.

Vielfach mischte ich die Namen der adligen Verwandtschaft durcheinander. Verwandtschafts- und Familienverhältnisse waren nie meine starke Seite. Eine Zeitlang verwechselte ich sogar Cousinen mit Nichten. Jetzt aber war ich entschlossen, aufzuklären, was noch aufzuklären war. Wahrscheinlich würde die Trauerfeier und Beerdigung im kleinsten Familienkreis stattfinden. Also mußte ich Abstand wahren. Einen Strauß für Imogen würde ich auf das Grab legen, sobald das offizielle Zeremoniell vorüber wäre. Mit Schleife? Hoffentlich bekam ich die so schnell. Ich hatte viele hundert Kilometer Zeit, Texte zu überlegen.

»Meiner innig geliebten Imogen von Hans T.« Das wäre am ehrlichsten gewesen. Jedoch zu lang.

»Ein letzter Gruß, Dein Hans!« war mir zu neutral, konnte aber keine Schatten auf den Familienfrieden werfen.

»Auf Wiedersehen, Dein Hans!« erschien mir fast zynisch und wohl auch zu altbacken.

Und welche Blumen? Rote Rosen? Vielleicht später einmal, denn Imogens Grab, das war mir bewußt, würde für mich zu einer Pilgerstätte. Entschlossen war ich auch, für sie einen Zyklus von Aquarellen zu malen. Für sie wieder die Farben zu mischen. Und Geschichten, kleine meditative Geschichten zu den Bildern zu schreiben. Und – gesetzt den Fall, ein Verleger würde sich damit abgeben – ich wollte auf die erste Seite schreiben:

»In Liebe und Dankbarkeit
Imogen gewidmet,
jener wunderbaren Frau, die mit ihrem Tod
mir die Tiefe des Lebens schenkte.«

Ich sah diese Seite bereits gedruckt vor mir. Würde ich der Familie ein Exemplar schicken? Dann Verbindung aufnehmen und eines Tages berichten, was sich in T. und Disentis begeben hatte?

Was eigentlich bedeutet dieser Name »Imogen«? War es die Bildhafte, die Bildschöne? Ich müßte im Lexikon nachschauen.

Wie besessen raste ich durch die Nacht, obwohl ich genau

wußte, ich würde irgendwann zwischen Mitternacht und zwei Uhr morgens in Königstein eintreffen. Zu einer absurden Zeit. Von der nächsten Tankstelle aus bestellte ich ein Zimmer im »Schloßhotel«. Ankunft jederzeit möglich. Nach dem Nachtportier klingeln.

Diese Nachtfahrten kosteten mich eine enorme Anspannung. Zwischen Basel und Bremen schien eine ununterbrochene Kette von LKWs aufgereiht. Wären sie nur aufgereiht gewesen! Aber ständig brach eines dieser Wagenungetüme aus und kämpfte sich verbissen und ehrgeizig und zwei, drei Züge nach vorn. PKWs haben zu dieser Nachtzeit wenig Chancen. Absurde Gedanken halfen mir, fit zu bleiben. Z.B. die Erinnerung an ein Kalenderblatt von Mordillo, auf dem ebenfalls eine schier unendliche Kette von Autos aus unendlicher Ferne über abenteuerliche Viadukte, Paßstraßen und Serpentinen auf den größten Berg im Vordergrund sausten, um dann hinter dem Gipfel in ein gigantisches Netz zu fallen. Wer stellt das Netz in Bremen oder Hamburg auf? Oder fuhren wir alle längst im Kreise? Jeder im Glauben, ein Ziel zu erreichen. Aber ein Ziel, das auch nur einen Zwischenhalt darstellt auf dem Wege zu einem neuen Ziel. Und so weiter. Man fährt nach Norden und wieder zurück und wieder und wieder im Kreise. Das Leben!

Imogen war aus dem Kreis ausgebrochen, ausgeschieden aus dem Kreis der Lebenden, der lebendig Kreisenden.

»Trauerarbeit« – das war ein neues Modewort der Psychologen und Sozialarbeiter. Jeder müsse diese Trauerarbeit um liebe Verstorbene leisten. Müsse sich mit ihm und der Beziehung auseinandersetzen, bis endlich Gras über das Grab zu wachsen beginnt, bis die Einsicht Überhand gewinnt, daß an diesem Tod nicht mehr zu rütteln sei. Und daß damit auch alle Lebensschulden – hin und her – untergegangen seien. Hin und her. Wer sie dennoch begleichen wolle, müsse sich eine lebende Ersatzperson wählen. Gedanken bei Kilometerstein weißichnicht, denn die Kilometersteine flitzten drüben bei den Brummis vorbei. Darmstadt war erreicht.

Befand ich mich nicht mitten in dieser Trauerarbeit? Wollte ich nicht Imogen gegenüber Schulden begleichen – durch diese nächtliche Tortur, die Reise zu ihrem Grab? Durch Blumen? Durch meine nicht endenwollenden Gedanken?

Imogen, alias Annemarie, war jetzt aus dem Schneider. Sie konnte nicht mehr auslöffeln, was sie mir durch die Flucht aus T. eingebrockt hatte. Hätten wir nicht einfach miteinander schlafen können, Liebe machen, dann ein schönes Frühstück genießen am Fenster, mit Blick auf den Rupertiwinkel, hoch über dem erwachenden T. – Heimweh beschlich mich –, um dann zu sagen: »Du, das war eine herrliche Komödie: Ich kannte Dich nicht, Du mich nicht. Der Zufall spielte Regisseur. Die Dialoge waren nichts als eine geistreiche Spielerei.« Ein herrliches Ritual wäre es gewesen, bis es in der wortlosen Lust geschenkter Orgasmen seinen Höhepunkt gefunden hätte. Dann ein befreiendes Lachen. Demaskierung. »Ich bin der Dr. Hans Temme, Unternehmer und Dilettant.« »Und ich bin Imogen von Drabenegg, Tochter eines Reiseunternehmers und Mitinhaberin.«

Warum ist es so nicht gelaufen?

Weil wir uns nie mehr voneinander hätten lösen können?

Waren wir durch unsere zufällige, durch unsere schicksalhaft vorbestimmte Liebe untrennbar, vielleicht auch auf schmerzhafte Weise untrennbar miteinander verbunden? Waren wir das nicht auch so – über den Tod hinweg? Blieb die Sehnsucht nach den nicht geschenkten, nicht empfangenen Orgasmen? Nach den Höhepunkten des Lebens, die ich mit ihr hätte zelebrieren, genießen wollen?

Imogen – was alles hätte ich Dir schenken wollen!!! Imogen, Imogen! Ich trommelte aufs Lenkrad und hämmerte meine Verzweiflung auf schuldlose Materie. Schließlich schrie ich nur noch ihren Namen heraus.

In Königstein zog es mich zunächst einmal zu jenem Haus, wo Imogen gelebt hatte. Die Adresse hatte ich natürlich notiert. Mühsam fand ich im Dunkeln den Weg. Dann fuhr ich in die kurze Straße ein. Als erstes entdeckte ich im Scheinwerferlicht den silbergrauen Porsche mit der blauen Bemalung. Der mir von Disentis so schemenhaft in Erinnerung geblieben war und dann in St. Gallen auf dem Domplatz noch einmal so magisch auffiel. Waren wir uns auch dort nur um Haaresbreite aus dem Wege gegangen? Er stand halb auf dem Fußweg geparkt. Also doch! Nun wußte ich es endgültig: Imogen war meine Imogen, meine Annemarie.

* * * * * * *

– VI –

Transition

Erst dachte ich, daß ich mir das Hotel auch hätte sparen können. Ich fand und fand keine Ruhe. Ständig tauchten noch die Lichter von LKWs vor mir auf, und ich vollführte im Halbschlaf gefährliche Überholmanöver, schreckte schweißgebadet wieder hoch und lag dann hellwach da, mit rasendem Herzschlag. Dann ließ sich mein Unterbewußtsein den Ablauf des nächsten Tages vorführen.

Wie in einem Film sah ich die Trauergesellschaft um das Grab stehen. Aber ich kam mir wie der gesuchte Mörder vor und erspähte plötzlich hinter mehreren Grabsteinen Detektive, die nur das Ziel hatten, mich zu fangen und zu überführen. Wortlos und in gespenstischem Gleichschritt bewegten sich die Hinterbliebenen, eine Polonaise macabre kam direkt auf mich zu. Alle stierten mich an. Es gab kein Entrinnen. Mit den ausgestreckten Fingern ihrer rechten Hände durchbohrten sie mich und murmelten ununterbrochen im Staccato ihrer Schritte klirrende Laute, die schwefeldampfend zu Boden fielen und die Erde verätzten. Dann liefen sie über mich hinweg oder durch mich hindurch. Zuletzt öffnete Imogen den Sarg und stieg langsam aus der Tiefe der Gruft herauf. Auch sie verfolgte mich, und obwohl ich rannte, was ich konnte, holte sie mich mit ganz langsamen Schritten ein. Ungerührt durchbohrte sie mich, wie es die anderen getan hatten, und verschwand durch mich hindurch. Schließlich kamen überall Politkommissare und maskierte Polizisten hervor, wohl hundert und mehr, und führten mich ab. Ich beteuerte, Imogen nicht getötet zu haben. Kopfschüttelnd gaben sie mir zu verstehen, daß ihnen Imogen völlig gleichgültig war. Imogen interessierte sie nicht. »Dein Leben ist Hochverrat!« So oder so ähnlich klang es in meinen Ohren, als ich, noch lange vor Morgengrauen, durch das Schlagen irgendeiner Uhr wach wurde.

Ich wusch mich kalt ab, glättete das total durchwühlte und

verschwitzte Laken. Dann öffnete ich die Terrassentür weit und ließ die kalte Herbstluft einfließen. Wieder suchte ich Schlaf. Und wieder ergriff ein Alptraum von mir Besitz. Ein riesiges Moor umgab mich. Ich stand am Ende eines Weges, auf dem ich trockenen Fußes hergewandert war, aber vor mir breiteten sich schwarze Pfützen aus, schmierig verölte Grasbüschel. Der Weg hinter mir war verschwunden. So stand ich allmählich nur noch auf den Zehenspitzen meines linken Fußes. Ich verlor die Balance und schrie laut. Ehe ich begriff, daß ich nicht wirklich in den schwarzen Moorlöchern versunken war, vergingen – so schien mir – Minuten. Mit verschwommenen Augen nahm ich erst die Konturen meines Zimmers wahr und dann die Uhr. Da war es bereits zehn!

Der Tiefschlaf mußte mich übermannt haben, und dennoch wachte ich gemartert auf.

Um elf Uhr sollte die Trauerfeier sein.

Eilends machte ich mich fertig. Das Frühstück mußte eigens gerichtet werden, weil das Buffet schon abgeräumt war. Noch viertel vor elf Uhr suchte ich nach einem Blumengeschäft, denn die Friedhofsgärtnerei hatte nicht, was ich mir ausgemalt hatte: eine Art Feldblumenstrauß, in Erinnerung an jenen ersten Strauß, den ich »Annemarie« damals in T. neben ihre Kaffeetasse gestellt hatte. »Im Herbst gibt es keine Feldblumen, mein Herr!« meinte die Floristin. Also nicht. Kopfschüttelnd nahm sie meine neuerlichen Wünsche entgegen. Ich ließ mir Blumen in annähernd solchen Farben aus den Containern herauszupfen, die Annemarie-Imogen in jenem Aquarell so angerührt hatten, nach dem sie in T. so bestimmt gefragt hatte. Violett mußte das Schwarz ersetzen. Rosen, Iris, Gladiolen, Schleierkraut und winzige Margueriten ließ ich zum Schrecken der Blumenfrau so zusammenbinden, wie ich dieses ihr Lieblingsbild in Erinnerung hatte. Ich versuchte gar nicht erst, ihr den tieferen Sinn dieses floristischen Fehltritts zu erklären. Dann trat ich meinen schweren Gang an.

Da ich zu spät kam, ging ich gleich zum ausgehobenen Grab und stellte mich, wie in meinem Traum, abseits an einen Baum. So konnte ich die Szene überblicken.

»Herrgott, warum hast du mir Imogen genommen? Warum? Warum? Was sollten alle Zufälle, alle Fügungen, wenn alles umsonst ist?«

Ich ging auf und ab und betete, schimpfte, redete mit dem Herrgott. Vor einem Kruzifix blieb ich stehen und begriff, daß mein Leid wohl klein war gegenüber dem der anderen, gegenüber dem millionenfachen Leid, das täglich über diese Welt kommt. Ich hatte nur eine imaginäre Freundin verloren. Andere die Tochter, die Frau, die Schwester oder sogar die Mutter.

»Eigentlich«, sagte ich zu mir selbst, »bin ich reich beschenkt worden. Imogen hat mir vieles bewußt gemacht, hat mir die Freuden, die Sehnsüchte, die Schmerzen, die Träume und Erwartungen und reiche Phantasien geschenkt.« Und wieder betete ich, aber diesmal klang es anders. Halblaut sprach ich vor mich hin:

»Herrgott, ich danke dir, daß ich diese wunderbare Frau kennenlernen durfte...«

Vertieft in dieses »deo gratias«, rührte es mich wie ein Todesstreich, wie ein Blitzschlag, als mich jemand von hinten antippte und leise »Hans« zu mir sagte. Wiewohl gelähmt und eiskalt erstarrt, drehte ich mich um und stand vor..... vor Imogen..... oder Annemarie..... vor ihrem Geist..... ihrer Erscheinung! – – – »Der Tod ist keine Frau«, murmelte ich, die Augen weit aufgerissen. War ich denn tatsächlich verrückt? Auch schon im Reich der Toten? Ein Medium für Zauberei? Ein Spottball des Schicksals? Mein Blut stockte. Frostiges Zittern durchlief mich. Aber die Frau, sie, die Annemarie, die Imogen, sie sprach mich an. Ich hörte, ganz von ferne, meinen Namen.

»Hans, Hans, was ist los mit Dir? Du taumelst ja!«

Ja, ich taumelte, hielt mich am Baum fest. Krallte mich in das nasse Moos der Rinde.

»Imogen!« sagte ich, oder schrie ich es?

»Imogen...« Ich wollte etwas sagen, aber die Zunge stockte wie damals in T.

»Ich bin nicht Imogen!« sagte sie. »Ich bin Deine Annemarie! Imogen ist tot. Imogen ist... Imogen ist meine Schwester!«

»Und Du?«

»Ich bin Madlon. Ich war immer Madlon! Aber ich erkläre Dir nachher alles. Jetzt bitte ich Dich, komm' mit mir. Geh' mit mir. Ich brauche Dich. Ohne Dich stehe ich das alles nicht durch. Ich wußte, daß Du kommst. Ich wußte, Du warst unterwegs nach hier. Und ich sah Dein Auto und bin dann aus der Kirche gelaufen, um Dich zu suchen. Bitte, bitte komm mit.«

Fassungslos starrte ich sie an. Streckte meine Hand aus, um sie zu berühren. Ergriff ihre Hände und küßte sie. Keine Totenhand!

»Annemarie ist Madlon?« fragte ich, ungläubig, jeden Augenblick darauf gefaßt, daß der Spuk ein Ende hat, der Zauber zusammenbricht, die Erscheinung mich verläßt.

Annemarie zog mich weg. Stolpernd wie ein Kind, folgte ich der, die ich stützen sollte. Ich war willenlos, krank, nicht mehr bereit, irgend etwas um mich für wahr zu nehmen. Die Friedhofskapelle nicht. Mit dem Weihwasser rieb ich mir die Augen. Annemarie zog mich mit in ihre Bank. Wahrscheinlich drehten sich alle um, durchbohrten mich mit ihren Blikken, wie es die Trauergestalten meines nächtlichen Trauminfernos mit den Händen gemacht hatten. Ich senkte die Augen, konnte meine Ergriffenheit, meine seelische Erschöpfung nicht verbergen, spürte Annemaries tröstende Hand. Sie reichte mir ihr Taschentuch. Als sie es mir gab, ergriff ich ganz fest ihre Hand. Es gab sie! Es gab Annemarie! Es gab diese Frau! Madlon war mir noch ein zu fremder Name.

Jetzt hörte ich auch die Worte des Pfarrers.

»Deine Tochter Imogen, oh Herr, die du nun zu dir genommen hast, war uns ein zugleich beglückendes und beschämendes Vorbild der Liebe, der Hilfsbereitschaft, des Mutes und der Zuversicht. Wir, die Gesunden, empfingen von ihr, der Todkranken, die Gnade des Glaubens, die Gnade der Fröhlichkeit des Herzens. Herr, du hast uns ausgezeichnet durch deine Güte, daß wir Imogen kennen und mit ihr leben durften...«

Meine Augen verschwammen erneut. Meine Wahrnehmung schwand. Es war alles zu viel für mich. Imogen tot, meine Imogen? Aber Madlon, meine Annemarie, lebt und kniet neben mir, sucht mich, faßt mich bei der Hand?

»Lasset uns beten...

Gedanken durchrasten mein Gehirn. Imogen also Madlons Schwester. Waren sie Zwillinge? War Imogen in Disentis und Madlon in T.?

Die Orgel spielte. Eine Trompete erklang. Viviani. Die Sonate Nr. 2. Immer schon, wenn ich sie gehört hatte, war mir, als erzähle sie vom Abschiednehmen, von der Liebe und ihren Schmerzen. Nun sah ich, daß auch Annemarie neben mir ihre Kraft und Beherrschung verloren hatte. Rückhaltlos gab sie sich den Tränen hin. Ich legte meinen Arm um sie. Madlon, meine Annemarie, sie lebt, lebt, lebt!

Allmählich begannen sich meine Phantasien zu ordnen. Schemen wurden zu Bildern, zu Personen, zu Wirklichkeiten. Ich spürte, daß ich wieder zu mir fand und ich nun Annemarie stützen konnte. Wie ich die wieder neu gewonnene Kraft in sie überleiten konnte.

Wir standen alle auf.

Eine alte, tiefverschleierte Dame kam mir, am Arm eines jungen Mannes, entgegen. Sie ging geradewegs auf mich zu und reichte mir ihre Hand.

»Sie sind der Hans«, sagte sie. »Es ist gut, daß Sie da sind. Vielen Dank!« Dann nahm sie mich in ihre beiden Hände, als ob sie eine Umarmung andeuten wollte.

Ich murmelte meine Beileidssätze, Sätze, für die es kaum ein treffendes Wort gibt – alles nur hilfloses Gestammel.

Ich schritt mit Annemarie hinter der Dame her, die ja nur ihre Mutter sein konnte.

Ein kleiner Zug bildete sich hinter dem Wagen mit dem zartgeschmückten Sarg.

Annemarie-Madlon wurde mit jedem Schritt schwächer. Immer schwerer wurde sie in meinen Armen. Ihr Körper zuckte in Weinkrämpfen. Am Grab warf sie sich auf die Erde und krallte sich darin fest. Ich war auf eine solche heftige Reaktion nicht gefaßt und konnte nichts anderes tun, als mich neben sie zu hocken.

»Imogen, laß mich nicht allein!« rief sie, am Ende ihrer Beherrschung. Gemeinsam gelang es dem jungen Mann und mir, ihr aufzuhelfen. Hemmungslos schluchzend barg sie ihren Kopf bei ihrer Mutter, die wie eine stolze, unbeugsame Königin die beiden jungen Menschen umschloß.

»Imogen hat nicht gewollt, daß wir traurig um sie sind. Sie war stark bis zuletzt. Laßt euch wieder und wieder von ihr diese Stärke schenken! Leb wohl, meine Tochter, ich folge Dir bald nach!« sprach sie mit fester Stimme und warf drei Rosen auf den Sarg. Auch Madlon und ihr Bruder erwiesen ihrer Schwester jetzt diese symbolhafte letzte Zärtlichkeit. Als mein chaotisches Gebinde unter den Bergen weiterer Sträuße zu versinken drohte, zog Madlon es heraus. Eine kleine abgeknickte Marguerite nahm sie an sich. Dann formierte sich die Gruppe wieder. Annemarie, noch immer konnte ich mich an Madlon nicht gewöhnen, vergrub sich unter meinem Arm. Betäubt von dem seelischen Schmerz, stapfte sie an meiner Seite. Und ich?

Ich hatte meine Geliebte wieder! Stunden, Tage der Trauer und Verzweiflung hatten sich in eine in dieser Situation völlig unangemessene, wahnsinnige Freude verwandelt. Ich hatte eine ungekannte Schwester verloren, aber Annemarie-Madlon gewonnen. Und doch – die letzte Angst davor, alles würde wieder wie ein böser Spuk zerplatzen, war noch nicht von mir gewichen. Immer wieder suchte ich Beweise für die Realität.

Letztlich fand ich sie in der vertrauten Umgebung meines Autos. Wie selbstverständlich war Annemarie-Madlon eingestiegen. Langsam fuhren wir los, hinter den anderen her.

»Du weißt ja, wo wir wohnen!« flüsterte sie mir zu. Heiser vom Weinen. Erschöpft. Erschüttert. Am Ende eines weiten Weges.

Die Haustür stand schon offen, als wir ausgestiegen waren.

Eine weite Diele empfing uns. Und als unübersehbarer Blickfang hing dort – in einem kostbaren Rahmen – jenes Bild von mir, dessen Botschaft mir stets verschlossen geblieben war. Das Bild, nach dem Annemarie gefragt hatte.

»Ist das schlimm, daß ich es Dir damals gestohlen habe? Du wußtest sicher, wer es hat!«

* * * * * * *

– VII –

Erinnerungen

Wann immer ich dieses Bild betrachtet hatte – schon in der Phase seiner Entwicklung –, formte sich in mir das Wort »Transition«, was (mir zunächst nicht bewußt) »Durchgang« oder genauer, den Vorgang des Durchgehens von einem Zustand in einen neuen bezeichnet.

Ich malte es in einem Zustand persönlicher Zerrissenheit, in einer Selbstwertkrise, in Angst und Todessehnsucht. Ein großes äußeres Oval aus tiefem Violett verlief, naß auf naß gemalt, nach innen bis zu filigranartigen, äußerst zarten blaßvioletten Strukturen. Ins Innere des Ovals legte sich mit einiger Brutalität ein weiterer giftgrüner und schwarzer Ring; auch diese beiden begannen zu zerfließen und umschlossen im Zentrum eine kreisrunde Höhle aus leuchtendem Rot. Und wieder ganz im Hintergrund dieser Höhle krümmte sich so etwas wie ein Embryo aus Rot und Weiß. Ich fragte mich stets, kommt der Embryo aus der Tiefe der Vulva heraus, findet hier eine Geburt statt, oder kehrt er wieder in den Mutterleib zurück? »Transition« zum neuen Leben? Oder Rückkehr zum Urschlamm?

Hier nun, an diesem Tag, in dieser Umgebung, gab es für mich keinen Zweifel mehr, daß ich damals, vor vielen Jahren, eine Transition zu einem neuen, anderen Leben vorausgeahnt haben mußte. Zu einem neuen Leben, das mit dem Tod von Imogen begann.

Transition.

Ich stand noch erschauernd vor diesem eigenen Bild, als Mutter Irmelin zu mir trat und sagte:

»Ja, mein lieber Hans, Sie sind uns schon seit langem sehr nahe und vertraut.«

Ich sah sie wahrlich sehr überrascht an.

»Wie das?«

»Nun, das ist eine längere Geschichte, und Loni wird sie Ihnen wohl bald erzählen.«

»Auch erzählen, warum sie mir nie geschrieben hat und mir aus dem Weg gegangen ist?«

»Gehen mußte!« verbesserte diese stattliche alte Dame.

»Und was macht die Burg?« wollte sie wissen.

»Es gibt keine Burg mehr für mich. Schon lange nicht mehr!« berichtete ich, erstaunt, daß ich mit dieser Information allseitige Überraschung auslöste. Denn irgendwie hatte ich schon den Eindruck gewonnen, mein Leben und alle seine Begleitumstände müßten in diesem Haus minutiös bekannt und registriert sein.

Madlon-Annemarie riß vor Erstaunen – oder ist Entsetzen das richtigere Wort? – die Augen weit auf.

»Was ist passiert?«

»Eine junge, sehr eindrucksvolle Dame besuchte mich. Das ist schon einige Zeit her. Sie kam aus dem Nirgendwo, war da, erfüllte durch ihre Gegenwart alle Räume, alle Wege und überschüttete vor allem mich selbst mit einem unsagbaren Glücksgefühl, und als alles im Feuer der Liebe zu lodern begann, verschwand sie wieder im Nirgendwo. Ohne jegliche Spur. Es war wie ein Spuk, der mit mir ein entsetzliches Spiel trieb. Noch heute weiß ich nicht, ob ich eine Phase geistiger Hypertrophie durchlitt, eine Kette von Halluzinationen, von schizophrener Umnachtung, oder ob es ein Mensch war aus Fleisch und Blut, der leibhaftig bei mir zu Tisch saß. Noch am Morgen nach dieser Katastrophe, die über mich hereinbrach ...«

»Hör auf!« rief Madlon.

Aber ich schaute sie nur forschend an.

»...verließ ich die Burg und bin seither nie wieder dort gewesen!«

»Und die Bilder, die Manuskripte, die Skizzen?«

»Ich habe sie durch die Möbelpacker vernichten lassen. Ein Bild überlebte per Zufall. Es lag als Unterlage in einem Umzugskarton, und es war bezeichnenderweise der berstende Fels, durch den sich eine Glutspur, glühendes Magma, den Weg bahnte.«

»Sag, daß das nicht wahr ist!« flehte Madlon mich an.

Und alle, die in der Diele versammelt waren, schauten auf sie.

»Sag, daß es nicht wahr ist!« wiederholte sie. Eindringlicher, verzweifelter.

»Es ist wahr. Und hätte ich nicht das Rettungsfloß meiner Arbeit gehabt, auf das ich vom sinkenden Schiff springen konnte, ich wäre mit T. untergegangen!«

»Sag, daß alles nicht wahr ist!« schrie jetzt Madlon, die aus der Erschütterung über den Tod ihrer Schwester in eine neue Erschütterung geschleudert wurde. Noch ehe ich zugreifen konnte, brach sie zusammen, schlug hart auf dem Boden auf und blieb wie tot liegen. Schnell war ich bei ihr. Gab ihr kleine Schläge auf die Wangen. Rief nach Wasser. Nach Verbandszeug, weil sie an der Kopfhaut zu bluten begann. Bat, einen Arzt zu holen.

Wir brachten sie zu Bett, nachdem sie schwach wieder zu sich gekommen war. Der Arzt war sehr schnell zur Stelle. Er mußte wohl in der Nachbarschaft wohnen. Er gab ihr eine Spritze. Ich blieb bei ihr sitzen. Ergriff ihre rechte Hand, die sie schlaff ausgestreckt hielt. Für wenige Minuten war ich allein mit ihr in ihrem Zimmer und ließ meine Augen umherwandern. Viele wunderschöne Landschafts-Farbfotos füllten eine ganze Wand. Aquarelle eine andere. Aquarelle, deren Motive wie eine Geheimsprache auf mich wirkten, die nur Madlon und ich verstehen und deuten konnten. Ich wurde gestört. Konnte die Fotos nicht mehr in Ruhe anschauen, die offensichtlich Madlon mit Familienangehörigen, Freunden und einem Mädchen im Rollstuhl zeigten. Die alte Dame kam und meinte, wir sollten Loni erst einmal schlafen lassen.

Sie bat zu Tisch.

Noch ehe sie mich nun den anderen offiziell vorstellte, nahm sie mich zur Seite und fragte inquisitorisch, ob Madlon etwas mit den Ereignissen auf jener Burg zu tun habe.

Ich flüchtete mich in den sybillinischen Satz:

»Ich weiß ja nicht einmal mehr, was überhaupt geschah – was sich in der Wirklichkeit ereignete. Ich weiß nur, daß ich seit jenem Tag eine Frau zu suchen begann, von der ich endgültig erst wußte, wie sie aussah, als sie mir in Disentis für Sekunden begegnete.«

Irmelin begriff alles.

Sie hatte von uns allen den klarsten Blick. Sie war der Fels in der Brandung. Mit ihren silberweißen Haaren, ihrer ungebeugten, ja, kerzengeraden Haltung und ihrem gütigen Blick erschien sie mir als ein unerschöpflicher Quell von Weisheit, Liebe und heilender Kraft.

Manfred, der Sohn, studierte in den USA. Herr von Osterwitz-Düben, ein Endsechziger mit einer wahrscheinlich kriegsbedingten Gehbehinderung, war der letzte noch lebende Namensträger jener Familie, aus der Irmelin stammte. Ein Cousin von ihr. Alle übrigen Familienmitglieder waren, wie ich später erfuhr, im Krieg geblieben, getötet durch Bomben, durch Marodeure oder auf der Flucht an unbekannten Plätzen verschollen.

Eine kleine Schicksalsgemeinschaft, zu der auch eine Krankenschwester gehörte. Später trafen noch zwei Freundinnen und ein Freund von Imogen ein. Und der Pfarrer erschien zum Nachmittagskaffee.

Imogen, so erfuhr ich aus Bruchstücken, hatte schon seit vielen Jahren an Multipler Sklerose gelitten. Madlon hatte ihre Zwillings-Schwester mit aller Hingabe gepflegt, soweit es der Beruf zuließ. Denn beide hatten, als trotzige Antwort auf die Erkrankung Imogens, zusammen die kleine Firma gegründet. Mutter Irmelin hatte sie finanziell unterstützt, bis das Unternehmen einen hübschen Gewinn abzuwerfen begann. Und während Madlon die Reisen vorbereitete und leitete, erledigte Imogen alle Büroarbeiten, leitete sozusagen die Zentrale und war die gute Seele des Geschäfts.

Einige Reisen konnte sie noch miterleben. Auch im Rollstuhl nahm Madlon sie mit, sofern es möglich war. Als »Rädertierchen«, wie sie sich häufig selbst bezeichnete.

Ungeduldig sehnte ich den Augenblick herbei, an dem Madlon sich wieder zu uns gesellen oder ich an ihrem Bett Wache halten konnte. Es wurde später und später. Ein barmherziger Tiefschlaf war über sie gekommen.

Voller Stolz und Trauer zeigte mir Mutter Irmelin das Büro, von dem sie nun alle nicht wußten, wie es weitergeführt werden sollte. Interessiert schaute ich mir die Plantafel an, auf der farbige Signale und Magnetschildchen Reisen und Phasen der Reisevorbereitung anzeigten.

»Zuletzt konnte unsere Immel sich vor Schmerzen kaum um alles kümmern. Da habe ich mich in meinen alten Tagen nochmal an die Schreibmaschine gesetzt und auch die Telefonate angenommen.«

Der rote Faden, der jeweils um ein Feld weitergehängt werden sollte, um zu zeigen, welcher Tag angebrochen war, war schon seit zehn Tagen nicht bewegt worden. Ich nahm ihn ab und hängte ihn auf den aktuellen Nagel. Der kleine Messingelefant, der unten als Gewicht angeknotet worden war, pendelte sich aus.

»Wer wird denn morgen die Rilke-Reise leiten?« fragte ich Frau Irmelin.

»Die Rilke-Reise?« Sie stutzte. »Ja, Sie haben recht! Morgen beginnt ja die Rilke-Reise! Madlon muß ja heute abend noch packen! Sie muß doch morgen ganz früh am Flughafen sein!«

»Und wenn sie bis dahin nicht fit ist?«

»Sie muß einfach! Sie muß!«

Aber Madlon schlief tief und fest. Ihre Wunde am Kopf war geschwollen. Das linke Auge war fast zu. Bis morgen war es allenfalls blau angelaufen, aber nicht geheilt. Die Spritze würde ein »hang-over« zur Folge haben. Es gab wenig Hoffnung, daß Madlon die Reiseleitung übernehmen konnte.

Ich schaute in meinen Kalender. Für weitere drei, vier Tage könnte ich mich freimachen. Was wüßte ich von Rilke? Welche Stationen waren anzulaufen? Wer hatte die Reise bestellt? Könnte ich einspringen? Ich hatte früher einmal als Reiseleiter mein Studiengeld verdient. Die Aufgabe begann mich zu reizen. Überhaupt sann ich dabei nach, ob wir uns nicht zusammentun könnten. Könnte die Verwaltung von meiner Firma wahrgenommen werden? Sollte ich bei den

THEMA-Reisen einsteigen? Eigentlich waren das schon keine Fragen mehr, sondern Antworten.

Erst am späten Abend tauchte Madlon kurz aus dem Tiefschlaf auf. Immer wieder ging ich in ihr Zimmer, setzte mich neben ihr Bett, streichelte ihre kalte Hand. Annemarie, I. v. D., Imogen, Madlon, Loni – wieviel Namen hatte diese Frau schon für mich gehabt!

Annemarie, das war das Mädchen, das zu mir kam. Das Mädchen, das meinen Vorstellungen, meinen Phantasien, meinen Träumen entsprang, als sie sich mit der immer noch rätselhaften Wirklichkeit paarten. Später fragte ich mich oft, ob nicht viele Männer ihren Frauen und Freundinnen eine Persönlichkeit aufzudrücken versuchen, die einen ganz anderen Namen trägt, ein Gemisch aus ihren Träumen, Begegnungen, aus Romanfiguren und Filmstars. Und daß sie manchmal ein Leben lang nicht zulassen, daß diese ihre Frau eine eigene und einzigartige Individualität und Persönlichkeit mitbringt.

Daß sie eben nicht Annemarie, sondern Madlon ist.

I. v. D. – das war jene Frau, nach der ich forschte und deren Spuren ich folgte.

Imogen – so erschütterte sie mich in einem aus Panik geborenen Totentanz. Als Imogen stürzte sie mich in tiefste Trauer und Verzweiflung.

Als Madlon stand sie für mich von den Toten auf. Madlon, das war sie nun endlich selbst. Die tüchtige, mutige, einfallsreiche und kultivierte Frau, die offensichtlich »ihren Mann« stehen konnte. Madlon, das war die Frau, der ich tiefen Respekt zollte.

Und Loni – das war die Tochter, die Schwester, der Kumpel. Loni hatte ich noch nicht kennengelernt. Nur die Fotos erzählten von ihr: Loni und Immel im Schnee. Loni und Immel mit Schultüte. Loni und Immel verkleidet – für Fastnacht oder ein Theaterspiel? Loni und Immel im Ballkleid. Loni und Immel waren offensichtlich zweieiige Zwillinge.

Irgendwann begann Imogen auf den Bildern zu fehlen.

Loni in Athen. Loni allein in Salzburg. Loni mit einem

Mann. Loni – total ausgeflippt, mit kurzrasierten Haaren. Im Lederwams. In Jeans. Protestzeit. Und Imogen? Keine Fotos mehr von ihr. Erst später wieder ein Foto von Weihnachten, die Mutter mit Loni und vor ihnen Imogen im Stuhl. Ja, und hier, noch einmal Madlon? Oder wer? War dies das Mädchen, das mir in Frankfurt begegnet war? Obskur angeschminkt, eine Wilde, eine Aufsässige. Wenn es Madlon war, dann war es eine ausgebrochene, eine Person auf der Flucht. Jetzt erst fiel mir ein größeres Foto auf, das ich zunächst gar nicht mit ihr identifiziert hatte. Ja, dieses Mädchen kannte ich. Jedenfalls glaubte ich jetzt, mich genauer an sie erinnern zu können. Madlon als Demonstrantin, als Apo-Streiterin, als Protestlerin – damals beim Jugendforum? Als es im Hotel diesen Krawall gab? Als sich plötzlich unter das Kongreßpublikum linke Typen schoben und zu pöbeln begannen? Der Ruf nach der Polizeiwache war laut. Die Provokation begann zu fruchten. Darauf hatten es diese Leute angelegt: einen Skandal zu entfesseln und in die Zeitung zu kommen.

Ja, das war damals beim International Advertising Congress, als die junge Meute gegen Konsumterror, Manipulation, Volksbetrug und Schmarotzergilde aufbegehrte. Eine kleine Gruppe von uns war verwegen genug, die Kongreßleitung überzeugen zu wollen, daß diese Gruppe ein Geschenk des Himmels sei. Man solle das Programm umstellen und gerade mit diesen ausgeflippten Typen diskutieren. (Waren sie eigentlich ausgeflippt, oder waren wir das – zumindest einige von uns?) Natürlich ging die Kongreßleitung nicht darauf ein.

So zogen wir, die später groteskerweise als »Rote Brigade« bezeichnet wurden, in eine Kneipe und erlebten einen bewegten, harten Tag. Die jungen Leute hatten gute Argumente, waren offensichtlich gut informiert. Die Störung war langfristig vorbereitet. Und Madlon, diesen Namen nannte sie damals mit Sicherheit nicht, war Rädelsführerin. An den Namen »Loni« konnte ich mich auch nicht erinnern. Aber daran, daß sich bei aller Verbissenheit der Auseinandersetzung unsere Augen mehrfach trafen, daß ich mehr als Sympathie für dieses wilde Mädchen zu spüren glaubte, na ja, auch Neugier, mal mit einer so selbstbewußten, einer so kämpferischen, mutigen Frau ins Bett zu gehen. Ja, ein total chauvinistischer Gedanke! Ich wollte wissen, wie weit ein solches ganz und gar ideologisch und politisch durchdrungenes Mädchen, eine solche Intelligenzbestie auch zärtlich sein konnte, ob sie nicht noch irgendwo Frau war, ob man sie streicheln konnte und küssen. Je mehr ich das Bild betrachtete, desto lebhafter kam mir das in Erinnerung. Mit meinen Blicken zu neuen Sätzen wollte ich auch diese Botschaft übermitteln: »Wer immer du bist, ich glaube, ich liebe dich und fände es abenteuerlich, mit dir ein Stück meines Lebensweges zu gehen!« Und das war Madlon? Ich mußte sie fragen.

Wir kamen damals vom Hölzchen aufs Stöckchen, wie man so zu sagen pflegt. Im Laufe des Tages legte sich die aufgestaute Aggressivität. Den Gegner »annehmen«, hatte ich als eine Grundregel der Kommunikation gelernt. Sich in ihn hineindenken. Ihm einen Rollentausch anbieten, so nach dem Motto: »Von Ihrer Warte, von Ihrem politischen Wollen her kann ich Sie, glaube ich, sehr gut verstehen, aber können Sie auch diejenigen verstehen, die durch den Verkauf von Waren- und Dienstleistungen Arbeitsplätze sichern müssen? Neue Arbeitsplätze als Existenz für Familien gründen wollen? Und dies im Konkurrenzkampf?«

Nicht alle Kommunikationsregeln fruchteten. Es gab einen bornierten Flügel, der für Einheitsprodukte, einen einzigen Autotyp, einen Standardschuh, Standardmöbel und Standardkleidung wie in China, für Einheitsbezüge, ganz gleich, für wieviel Leistung, eintrat. Diejenigen, die nicht arbeiten könnten, sollten genauso viel bekommen.

Hier begann sich die Gruppe selbst zu spalten. Die damalige Madlon, wenn sie es war, trat für Differenzierung, für Vielfalt ein. Ich mußte sie bald gegen ihre eigenen Gesinnungsgenossen in Schutz nehmen. Ja, wir sprachen über Kunst, bildende Kunst, aber nur so nebenbei, im wesentlichen sprachen wir über die Zukunft dieser jungen Generation, über ihre Erblast, ihre Aufgaben und Chancen. Ja, ich konnte mich sogar noch an einen Satz erinnern, mit dem ich damals Eindruck schinden konnte (ich habe ihn dann oft bei ähnlichen Gelegenheiten fallen lassen): »Die bisherige Schule und die Universitäten bringen euch bei, richtige Antworten auf Fragen von gestern zu geben. Aber wer bringt euch bei, die richtigen Fragen zu stellen, um die Probleme von morgen zu lösen?«

Madlon bewegte sich. Die Mutter schaute herein.

»Was sollen wir nur mit der Rilke-Reise machen?« fragte sie mich, offensichtlich mit der Absicht, Madlon zu wecken.

»Ich werde einspringen, wenn ich kann!« Ich antwortete mit einer Entschiedenheit, die mich selbst in Erstaunen versetzte.

»Können Sie das denn für uns tun?«

»Natürlich, ich müßte mich allerdings noch vorbereiten.«

Madlon mußte dieses kurze Gespräch im Unterbewußtsein aufgeschnappt haben. Sie versuchte, die Augen zu öffnen, wurde aber dabei gewahr, daß etwas mit ihr und ihrem Auge nicht stimmte.

»Hans«, heiser und schwach erklang ihre Stimme.

»Hans, hilf mir, aufzustehen. Ich muß mich fertigmachen. Ich muß morgen mit der Rilke-Gruppe nach Worpswede. Was ist mit meinem Auge?«

Sie erinnerte sich nicht an ihren Sturz und geriet in tiefe Verzweiflung, als sie gewahr wurde, in welchem Zustand sie sich befand.

»Madlon«, beruhigte ich sie, »ich werde morgen für Dich mit der Gruppe nach Worpswede vorausreisen. Für die ersten drei Tage werden meine bescheidenen Kenntnisse über Rilke ausreichen. Außerdem kann ich ja lesen!«

Sie schüttelte den Kopf.

»Traust Du mir das nicht zu?«

»Oh doch, aber ich fragte mich eben, was ich getan hätte, wenn es Dich nicht gäbe. Und wenn Du nicht gekommen wärest.«

»Ich lebe mein Leben in wachsenden Ringen,
die sich über die Dinge ziehen.
Ich werde den letzten vielleicht nicht vollbringen,
aber versuchen will ich ihn ...«

»Wer sagt das?« fragte Madlon, die sich erschöpft wieder in ihr Kissen zurückgelegt hatte.

»Rilke! Es ist eines der wenigen Gedichte, die ich einigermaßen auswendig kann!«

»Nimm Dir die Rilke-Dokumentation aus dem Büro. Wir machen diese Reise schon zum dritten Mal. Eine Woche Worpswede, vier Tage Paris, vier Tage Duina und Abschluß in Raron. Bus, Flugzeug und Bahn. Kannst Du nicht die ganze Reise mitmachen? Sie ist wunderschön!«

Gar zu gern hätte ich »ja« gesagt, aber vier Tage waren für mich wirklich das Äußerste.

Ich ging in Madlons Büro, wo mir Mutter Irmelin den Ordner gab. Säuberlich geordnet und beschriftet, standen da die Dokumentationen aller bisherigen THEMA-Reisen.

Wie ich so meine Blicke an den Regalen entlangschweifen ließ, entdeckte ich zu meiner größen Überraschung ein weiteres Bild von mir, ebenfalls liebevoll gerahmt, die »Rapsfelder«. Ich wurde stutzig. Dieses Bild konnte sich Madlon nicht in T. geklaut haben, denn zu diesem Zeitpunkt hatte ich es schon nicht mehr. Ich hatte es, wenn mich meine Erinnerung nicht ganz verließ, schon einige Jahre früher verschenkt. Und zwar an Suzanne Willmann oder so ähnlich, eine Anhalterin, die ich mal von München nach Würzburg mitgenommen hatte.

Ich schaute noch einmal genau hin. Kein Zweifel, das war das kleine Rapsfelder-Bild. Eine Kopie von diesem in meinen Augen nicht gerade schmeichelhaften Versuch eines Laien hätte sich keiner gemacht.

Ja, Suzanne Willmann, das war die Folkwang-Schülerin, mit der ich über den schönen Maientag und die Rapsfelder ins Gespräch gekommen war. Sie hatte ähnliche Hobbies wie ich, kurze meditative Texte schreiben, die sie allerdings auch vertonte und dann zu Chansons verarbeitete, und Malen mit Pastellstiften. Ja, wir hatten eine sehr anregende Unterhaltung, und ich hatte ihr gegenüber, von der ich wohl annehmen konnte, daß ich sie nicht wiedersehen würde, sehr offen über Malen als meine Form der Therapie gesprochen. Wie aber kam Madlon an das Bild, das ich Suzanne Willmann geschickt hatte? Ich hatte es ihr gewidmet als Dank für ein von ihr illustriertes, handgeschriebenes Gedichtbändchen, mit dem sie sich fürs Mitnehmen erkenntlich zeigen wollte.

Ich ging mit Mutter Irmelin zurück ins Wohnzimmer, weil Madlon wieder eingeschlafen war.

Und nun fragte ich die alte Dame ganz offen heraus, woher sie mich eigentlich kenne und wie es käme, daß Madlon so viel über mich wisse.

Sie lächelte.

»Wissen Sie das tatsächlich nicht?«

»Nein, ich weiß es wirklich nicht. Woher sollte ich?«

»Madlon hat Ihnen viele Briefe geschrieben!«

»Von denen ich nicht einen erhalten habe...«

»Wieso nicht?«

»Ich kann nur sagen, daß ich bisher nicht eine einzige Zeile von Ihrer Tochter erhalten habe, ja, daß ich bis vor zehn Stunden nicht einmal wußte, daß Madlon Madlon heißt, und ich die letzten Tage und die Stunden auf der Fahrt nach hier, dann die erschütternde Zeit auf dem Friedhof in der wahnsinnigen Vorstellung verbrachte, daß das mir auf rätselhafte Weise bekannte Mädchen Imogen heißt und daß mich Imogen, daß uns Imogen verlassen hat, noch ehe wir beide uns richtig kennengelernt hatten...«

»Wie kommen Sie darauf?«

»Es gab für mich nur kurze, ganz kurze Begegnungen mit Ihrer Tochter. Wir sahen uns, wir sahen uns an, es war etwas zwischen uns, das man wirklich nur mit einem starken seelischen Magnetismus bezeichnen kann, es kam in diesen Sekunden zum Austausch von geheimnisvollen Energien und Botschaften. Aber es war nie Zeit, daß sich Madlon als Madlon zu erkennen geben konnte. Und da war ein Koffer mit den Initialen ›I.v.D.‹...«

»Ein brauner, alter Lederkoffer, mit verblichenen goldenen Buchstaben?«

»Ja!«

»Das ist meiner. Das ›I‹ steht für Irmelin...«

»Es war für mich der einzige Anhaltspunkt. Und auch diese dürftige Information reichte verständlicherweise nicht aus, um Madlons Identität zu ermitteln.«

»Aber wo sind die Briefe geblieben, die Loni an Sie schrieb?«

»Woher kennt Madlon mich überhaupt?«

»Ja, wissen Sie denn gar nichts?«

»Nein, so gut wie nichts. Nur, daß bei den wenigen Malen, bei denen ich Madlon begegnet bin, eine Art Explosion oder Implosion in mir stattgefunden hat. Daß mich diese Begegnungen tief berührt haben.«

»Keine Erinnerung an Frankfurt? An eine doch offensichtlich heftige und aufwühlende Diskussion mit Studenten?«

»Ja, ich habe eine vage Erinnerung. Ich sah vorhin das eine Foto, auf dem Madlon – und nur ihre Augen und ihr Mund verraten, daß es Madlon sein muß – wüst gekleidet und zurechtgemacht ist und daß sie eine Periode revolutionärer Aufsässigkeit durchgemacht haben muß. Aber natürlich nannte sie ihren Namen nicht, jedenfalls nannte sie sich nicht Madlon, denn das ist ein Name, den man nicht vergißt. Und ich erinnere mich daran, daß sich inmitten dieser destruktiven, aggressiven, haßgefüllten Stimmung zwischen ihr und mir eine Brücke bildete, irgendwie war es eine Brücke des Vertrauens, der Wärme...«

»Es war eine ganz entscheidende Brücke. Eine Brücke der Rettung für Madlon. Und das sind fast ihre Worte. Dazu müssen Sie wissen, daß Loni damals total aus dem Lot war. Die Nachricht, daß ihre über alles geliebte Zwillingsschwester unter Multipler Sklerose leide und ihr ein unvermeidbarer Leidensweg bestimmt sei, führte die Loni zur völligen Verzweiflung. Sie konnte ihre Wut nicht loswerden. So erkläre ich mir das jedenfalls. Sie begehrte auf. Sie verwarf ihren Glauben an Gott. Sie suchte sich zu rächen. Sie veränderte ihr Aussehen, warf ihre Kleider weg und schloß sich der Protest-Szene an. Es war für uns alle fürchterlich. Sie glaubte wohl auch, daß sie damit ihrer Schwester den Beweis dafür liefern könne, wie sehr sie für die kranke Imogen zu kämpfen bereit sei. Ihre Pubertät, die seinerzeit durch Flucht, Armut und die Enge unserer ersten dürftigen Wohnung nicht zur Entfaltung kommen konnte, die Zwillinge waren immer sehr, sehr lieb und kümmerten sich um ihren kleinen Bruder, so daß sie selbst den Schritt zum Erwachsenwerden noch nicht getan hatte – ihre Pubertät brach sich Bahn wie das Wasser aus einem geborstenen Stausee. Sie kam tagelang nicht nach Hause. Es war wohl auch Rauschgift im Spiel; sie lebte in Kommunen, fand wohl Freude daran, durch eine zur Schau getragene Verwahrlosung gegen ihre familiäre Bande, die adlige Herkunft und alles zu protestieren. Daß sie damit in eine fürchterliche innere Zerrissenheit geriet, gegenüber der ja doch von ihr geliebten Mutter, gegenüber der zwangsläufig ruhigeren, gehemmten Schwester, gegenüber dem bis dahin gemeinsam erlittenen und durchlittenen Schicksal ohne Vater, machte alles noch viel schlimmer. Sie sah auch so gar keine Zukunft.

Ja, und dann kam die Begegnung mit Ihnen. Sie hat erst nicht davon gesprochen, was vorgefallen war. Aber wir spürten sofort, daß sie einen starken Impuls erfahren haben mußte. Einen Impuls, der fast schlagartig ihre Rückkehr einleitete. Ich habe sie damals nicht befragt. Aber eines Tages kam sie selbst zu mir und berichtete über einen Mann, der so phantastisch zuhören konnte. Bei dem sie sich zum ersten Mal seit langer Zeit angenommen gefühlt hat. Und der ihr eine Perspektive geben konnte. Und sie wußte Ihren Namen und die Adresse der Firma, die Sie leiten. Nun muß man dazu sagen: Loni war immer unsere kleine Detektivin. Sie hatte eine Leidenschaft fürs Nachspüren. Las ja auch einen Krimi nach dem anderen. Wenn sie etwas herauskriegen wollte, dann bekam sie es auch raus!«

»Aber sie hat mir nie geschrieben. Kein Sterbenswörtchen! Ich habe die Begegnung zwar nie ganz vergessen, dafür war sie zu aufwühlend. Aber ich habe keinerlei Initiative ergriffen.«

»Ja, aber wo haben Sie sich denn wiedergesehen?«

Ich war ganz und gar unsicher, ob ich Madlons Besuch in T. aufdecken sollte, von dem sie selbst offenbar nichts oder nicht viel verraten hatte. Die Sache mit dem Bild und der tiefen Verlegenheit, in die Madlon verfallen war, als Mutter Irmelin nach der Herkunft fragte, hatte Zweifel in mir aufkommen lassen.

»Sie können ruhig offen mit mir sprechen. Mir ist nichts Menschliches mehr fremd. Und daß Madlon keine Heilige ist, unsere kleine Heilige war Imogen, das weiß ich. Also raus mit der Sprache!«

Nun, ich verkürzte die Wahrheit ein bißchen. Sprach von einer Zufallsbegegnung in T. und der spurlosen Flucht ihrer Tochter und daß ich bei dieser Gelegenheit auch den Koffer gesehen hätte.

»Und dann?«

»War wieder Funkstille. War nichts. War so wenig, daß ich zu zweifeln begann, ob diese Begegnung tatsächlich oder nur in meiner Phantasie stattgefunden habe. Und erst gut zwei Jahre später, in Disentis, traf ich Madlon wieder. Genauer: Sie ging lächelnd an mir vorbei, im Gespräch mit einem jungen Geistlichen. Ich lief ihr nach in die Kirche. Aber da war sie schon wieder vom Erdboden verschwunden. Schon wieder ein Phantom!«

Und nun erzählte ich von dem Trick mit dem gefundenen Kettchen und jener hilfreichen Auskunft der Mönche. Von der Spur, die zu dem Reiseunternehmen führte, und von da zu den THEMA-Reisen, die ich aufgrund des Kürzels »I.v.D.« herauszufinden vermochte.

»Sie sind also auch ein Detektiv! Aber wie gut, daß Sie es sind. Sonst säßen Sie jetzt nicht hier. Ja, die Anzeige in der FAZ, die hat Madlon nur hineinsetzen lassen in der Hoffnung, Sie würden sie lesen!«

»Aber warum hat sie mir nicht geschrieben? Nicht wenigstens diese Nachricht vom Tod ihrer Schwester? Oder warum hat sie, wenn sie mir geschrieben hat, die Briefe nie abgeschickt?«

»Wir müssen sie selbst fragen. Aber dazu wird es wohl heute nicht mehr kommen. Sie müssen sich auf die unerwartete Reise vorbereiten. Und Loni liegt im tiefen, erholsamen Schlaf. Den braucht sie auch, denn sie hat unter dem Tod ihrer Schwester am meisten gelitten. So sehr, daß ich Angst hatte, sie wolle ihre Schwester freiwillig in den Tod begleiten. Die Frage ›Warum sie, warum Imogen, und nicht ich?‹ hat sie pausenlos beschäftigt. Und ehrlich, als ich vorhin an ihr Bett ging, um nach ihr zu schauen, wurde ich plötzlich von der Angst befallen, sie sei tot. Und nur Ihre Anwesenheit gab mir bald die Gewißheit wieder, daß sie sich jetzt nicht aufgeben würde...«

»...obwohl sich Madlon immer davongemacht hat, sich heimlich ins Nichts geflüchtet hat, wenn sie mir begegnete!«

»Madlon liebt Sie über alles!«

»Ich sie ja auch..... ich liebte sie als Annemarie, als Imogen und jetzt als Madlon, ich liebe diese rätselhafte Frau, die für mich, in meinen Selbstgesprächen, schon lange eine treue Wegbegleiterin war. Ohne die ich in Gedanken keinen Schritt tat.«

* * * * * * *

– VIII –

Worpswede

Zweimal täglich rief ich in Königstein an, um mich nach Madlons Befinden zu erkundigen. Meine Hoffnung, sie könne mich schon bald in Worpswede ablösen, wurde arg strapaziert. Der Arzt hatte strikte Bettruhe verordnet. Die Kopfverletzung war nicht so schlimm. Die totale Erschöpfung war es, die zu einen Kreislaufkollaps geführt hatte.

Der vierte und für mich absolut letztmögliche Tag, an dem ich den Reiseleier spielen konnte, ging in dieses herbe Land. Schon morgens früh des nächsten Tages hatte ich einen wichtigen Termin in München wahrzunehmen, und schließlich türmte sich inzwischen meine Arbeit nach diesem völlig überraschenden, turbulenten Ausbrechen aus dem Terminkalender.

Madlon war heute morgen sehr zuversichtlich, daß sie im Laufe des Nachmittages in Worpswede eintreffen würde. Meine geheimen Wünsche waren zerstoben, sie wäre schon früher wohlauf und wir hätten endlich einmal ein, zwei besinnliche Tage – Tage und Nächte in dieser zur Besinnung und Neuorientierung so einladenden Landschaft.

Und nun klammerte ich mich an den letzten Strohhalm, sie möge wenigstens am frühen Nachmittag eintreffen, wußte ich doch, daß sie gegen Mittag losgefahren war. Mit ihrem schnellen Wagen, den ich anschließend wieder zurückfahren sollte. Aber es war schon vier Uhr vorbei. Ich hielt es im Quartier nicht länger aus. Dauernd der Blick aus dem Fenster. So begann ich, auf und ab zu gehen. Der schöne Herbst war früher vorbei, als wir uns nach dem miserablen Sommer erhofft hatten. Es nieselte. Aber in Worpswede gibt es eigentlich kein schlechtes Wetter. Die Sonne genießt man genauso gern wie anderswo, aber erst Nebel und Regen tauchen die Landschaft in jenen Schleier von Tristesse, der wohl auch die Maler und Dichter so inspiriert hatte. Ein eigenartiges Phänomen. Wer immer diese Region beschreibt, findet bald zum

Wort »Seelenlandschaft« – und diese Seelen, die sich davon angesprochen fühlen, suchen das Schwere, das Schwermütige. Melancholie hat etwas mit der Schwärze der gerade gezogenen Torfbäche zu tun, die sich hier in der Unendlichkeit verlieren.

Aber Worpswede hat sich – sehr zum Leidwesen der Rilke-Freunde und der Puristen unter den Kunstkennern – gegen das Armut- und Schwielen-Image zur Wehr gesetzt. Erschütternd ideenlose Häuser, selbst sogenannte Bauwerke mit kulturellen und amtlichen Funktionen mußten mit ihrer Linealarchitektur und Einfallslosigkeit geradezu als Beleidigung wirken. Ins andere Extrem verfielen Luxusfriesenkaten für Schickimickis, die zu Moos, Möwen und Birken auch wenigstens zwei Sterne im Michelin, das Ambiente und eine vorzeigenswerte Rechnung benötigen.

Sicher, die Künstler, die nach und nach von dieser »Kolonie« in Schwarzerdien angezogen worden waren, müssen sich schon auch die Frage stellen lassen, ob sie nicht am liebsten um Mann und Maus, um Sumpf und Kargheit, um das einfache schweigende Leben und Dulden der Menschen hier, ein Museum errichtet hätten, einen Zoo zur Nutzung von allen, die es nach allem Luxus der Zivilisation mal wieder nach einer Prise Tristesse gelüstet. Worpswede ist diesem Ansinnen ausgewichen. Es hat die Kulturbeflissenen, die Fans auf eine sympathisch raffinierte Art auszunutzen verstanden und sich selbst sozusagen am eigenen Schopf aus dem Moor gezogen.

So stapfte ich – so schien es mir jedenfalls – durch drei Worpswede: durch ein touristisches (das dem alten erstaunlicherweise noch nicht den Garaus gemacht hatte), durch Reste einer angeblichen, aber zum Wohle der Einwohner gepflegten Ursprünglichkeit und durch Worpswede als Kultstätte.

Und das hatte sich bereits bei meinen vorsichtigen Kontakten mit dieser Reisegruppe offenbart, bei der natürlich Worpswede im wesentlichen als Lebensstation Rilkes Bedeutung gewann.

Ja, wer ist 1985 Rilke-Verehrer? Wer ist von jener Rilke-

Renaissance ergriffen worden, so daß er eine solche Reise bucht?

Meine Gedanken flossen zurück, zurück zu jenem Moment, in dem ich mich anschickte, aus meinem Beruf auszubrechen und für wenige Tage zu aktivieren, was ich damals bei meinem Studentenjob »Reiseleiter« gelernt hatte.

Ein Tag war vorausgegangen, an dem für mich aus der toten Imogen die lebendige Madlon geworden war. Hin- und hergeschleudert zwischen äußerster Trauer und höchstem Glück, war ich ebenso aufgewühlt wie erschöpft. Und dennoch konnte ich mir in jener Nacht Schlaf kaum leisten. Es galt, die Reiseunterlagen durchzuarbeiten, die mir Mutter Irmelin nach bruchstückhaften Instruktionen der von Schmerzen und Schlaf überwältigten Madlon zusammengesucht hatte.

So saß ich in meinem Hotelzimmer und breitete alles um mich herum aus. Zehn Teilnehmer wurden erwartet, nachdem ein Ehepaar in letzter Minute wegen Erkrankung absagen mußte. Zwei Ehepaare waren unter den Rilke-Freunden: Ein Professor mit seiner promovierten Erika, ein Rentner-Ehepaar. Dann gab es noch ein unverheiratetes Pärchen im Alter zwischen vierzig und fünfzig. Dazu vier einzelne Damen unterschiedlichsten Alters. Gisela L. war mit zweiundzwanzig die Jüngste. Beruf: cand. phil.. Unter den anderen waren zwei Bibliothekarinnen. Eine war ohne Berufsangabe, Isolde P., dreiunddreißig Jahre alt. Alle aus dem Frankfurter Bereich. Postleitzahlen mit Sechs am Anfang, nur das Professorenpaar kam vom Bodensee. Oberstudienrat Paul F. (mit »Lebensgefährtin« Birgitt K.) hatte offensichtlich den Anstoß gegeben und die Reisegruppe organisiert.

Angesichts der hier wahrscheinlich versammelten Rilke-Kenntnisse überfiel mich die blasse Angst. Mein Wissen war mehr als lückenhaft. Ohrwürmer waren im Gedächtnis haften geblieben, wie z.B. die Zeile »und dann und wann ein weißer Elefant«. Auch die Mahnung »Wer jetzt kein Haus hat, baut sich keines mehr« und damit verbunden jene wunderschönen Zeilen:

»Herr, es ist Zeit,
der Sommer war sehr groß,
leg deinen Schatten auf die Sonnenuhren...«

Also – damit eine Reiseleitung zu bestreiten, erschien mir absolut hoffungslos, so sehr ich auch den Rest der Nacht nutzte, mich mit der Lebensgeschichte von Rilke vertraut zu machen. Rilke und Worpswede war ja nun das Mindeste, was man von mir verlangen konnte.

Als ich gegen sieben Uhr das Hotel verließ, gab es eine kleine, aber wunderschöne Überraschung: An der Rezeption übergab man mir ein kleines Kouvert, das Mutter Irmelin zuvor hatte überbringen lassen; darin ein paar sehr herzliche Zeilen von ihr, 2.000 DM in bar und ein innig schönes Foto von Madlon. Als Talisman.

Als Treffpunkt der Gruppe war das Foyer des Airport-Hotels vereinbart. Hier sollte der kleine Bus auf uns warten, der uns nach Worpswede schaukeln sollte. Und vor dieser Busfahrt hatte ich eigentlich den größten Bammel, weil ich es aus meiner früheren Reiseleitertätigkeit als meine Pflicht empfand, pausenlos für Unterhaltung, für Erklärungen und Moderation zu sorgen..

Im Hotel kam mir zugute, daß die Gruppe eine Frau als Reiseleiterin erwartete und mich nicht wahrnahm, der ich zunächst einmal aus einiger Entfernung verfolgte, wie die einzelnen Teilnehmer eintrafen, sich begrüßten, sich beschnupperten und aufeinander einredeten. Damals schon als Reiseleiter und später im Beruf hatte ich ein gutes Gespür dafür entwickelt, den »informellen« Führer einer Gruppe herauszufinden, oder jene, die um diese Führerschaft, um die beste Selbstdarstellung, um Prestige und Einfluß rangelten. Der Professor und seine Frau hatten offensichtlich im Hotel übernachtet. Beide waren sehr zurückhaltend, sehr mit sich selbst beschäftigt. Aber der Oberstudienrat tat sehr beflissen, begrüßte alle so, als ob er die Reise zu leiten hätte, schaute immer wieder auf die Uhr und schickte Birgitt zum Telefonieren. Mit wem wohl? Doch nicht mit Madlon? Drei Damen kamen im Konvoi, sehr selbstbewußt. Eine davon schon arg schmucklos gekleidet und mit absoluter Kurzhaarfrisur. Als Birgitt vom Telefon zurückkam, segelte sie durch das Foyer mit lautem Ruf auf die Kurzhaarige zu und nahm sie kräftig in den Arm. Man müßte ein Soziogramm zeichnen, Linien also, die zeigen könnten, wer mit wem wie oft und wie intensiv kommunizierte. Ich zählte mehrfach nach und kam immer wieder auf neun Personen. Dabei mußte, wenn ich nicht den Überblick verloren hatte, noch das Rentner-Ehepaar zu uns stoßen. Also elf Personen?

Ich beschloß, meine Warteposition aufzugeben und mich endlich zu erkennen zu geben, begrüßte die Gruppe und überbrachte ihr die traurige Mitteilung, daß Frau von Drabenegg leider kurzfristig erkrankt sei und mich gebeten habe, zumindest für ein, zwei Tage die Leitung zu übernehmen. Dann wolle sie nachkommen, und es liefe alles, wie geplant. In der Tat wußte Frau Birgitt schon davon. Sie hatte also telefoniert. Was sie dabei erfahren hatte, blieb mir jetzt natürlich verborgen. Absichtlich hatte ich nichts vom Todesfalle erwähnt. Ich wollte weder Madlon damit belasten, noch zu Spekulationen über die Zukunft der THEMA-Reisen Anlaß geben.

Unverkennbar wurde ich nur als Ersatz respektiert. Es gab enttäuschte Gesichter, vor allem bei den drei Damen, die sich später als Freundinnen, als ehemalige Kommilitoninnen von Madlon zu erkennen gaben. Der Oberstudienrat scheute sich nicht, halblaut vor sich hin zu sagen: »Na, hoffentlich klappt dann alles!« Er sah wohl seine Führerrolle bedrängt, eine Rolle, von der sich später herausstellte, daß er sie dringend benötigte, um eine gewisse Dürftigkeit zu kaschieren. Frau Birgitt, die Lebensgefährtin, hatte das Sagen, stellte das aber überaus raffiniert an. Man konnte von ihr lernen. Ja, und unser elfter Teilnehmer, Sylvia S., eine schöne, aber sehr verhärmt blickende Frau von Ende Dreißig, hatte ihren Mann, der wegen einer Krankheit nicht reisen wollte, dazu bewegen können, wenigstens ihr diese Tage zu gönnen. Die »Krankheit« erwies sich – vielleicht komme ich darauf noch zurück

– als handfester Ehekrach. Die Rentner kamen – total nervös und im Streß – als letzte; irgendeine Verbindung hatte nicht geklappt.

Ich brauchte nicht zu moderieren. Das besorgte der Oberstudienrat. Dabei ging es auch nicht um Rilke, sondern um die vielen Reisen, die er schon unternommen hatte. Wir hörten alles über Hongkong, über SriLanka, über Los Angeles, was er natürlich nur als »EllEeih« bezeichnete. Das Professoren-Ehepaar dagegen hatte offensichtlich eine umfangreiche Rilke-Dokumentation im Gepäck, viele Manuskriptseiten, zu denen ich schon bald um Zustimmung gebeten wurde.

»Wissen Sie«, sagte der Professor, »was Frau von Drabenegg da leistet, was sie als Dokumentationen erarbeitet, also da könnte sie sich bei uns allemal um ein Doktorat bewerben. Na, hoffentlich kommt sie bald nach!«

Ich hörte auch bald heraus, wer schon zum zweiten oder dritten Mal mit THEMA reiste. Madlon und Imogen erhielten dabei höchstes Lob. Madlon unter anderem auch deshalb, weil sie einmal einen Typ, den sie dabei erwischt hatte, daß er in ein Zimmer eingedrungen war, um zu stehlen, »mit einem einzigen Karateschlag« zur Strecke gebracht hatte. Neue Seiten von Madlon!

Wo mochte sie nur bleiben? Die Nässe kroch in mich hinein. Immer wieder lief ich zurück zur Pension, denn ich konnte mir nicht sicher sein, auf welcher Straße Madlon angefahren käme. Von Grasberg gab es zwei und selbst über Ritterhude gab es eine gute Verbindung. Ja, ich hatte mich schnell ortskundig gemacht. Und während meine Gäste am ersten Morgen richtig ausschlafen wollten, half mir das Verkehrsamt, peinliche Wissenslücken zu füllen.

Ja, die Gäste! Da war sehr klar, daß jeder seinen Rilke dabei hatte. Als Buch, aber vor allem in Kopf und Gemüt. Und eine Frau, die ausgerechnet hier versuchte, sich über die Fragwürdigkeit und das Zerbrechen ihrer Ehe Klarheit zu verschaffen, die arme Sylvia S., geriet in beträchtliche Gefahr. Schon am ersten Abend mußte ich mit ihr viele Tausend Schritte tun, um Selbstmordideen zu zerstreuen.

»Und in den Nächten fällt die schwere Erde
aus allen Sternen in die Einsamkeit«.

Wie dankbar war ich Rilke für den Trost, mit dem er sein »Herbst«-Gedicht schließt:

»Wir alle fallen. Diese Hand da fällt.
Und sieh' dir andre an: es ist in allen.
Und doch ist Einer, welcher dieses Fallen
unendlich sanft in seinen Händen hält.«

»Aber eben fallen«, klagte sie. Die Wunden waren noch frisch. Oder waren es nur vielfach wiederaufgebrochene Narben? Spüren permanenter Kränkungen?

Sylvia S. versuchte, sich ihren Schmerz auszuweinen. Und glaubte, die Tränen bei mir richtig aufgehoben zu wissen. Ich konnte nicht einmal gut zuhören, so sehr waren meine Gedanken bei Madlon.

Um Sylvia hatte ich Angst. Um sie mußte man sich kümmern, allerdings ohne die Eifersucht der Gruppe zu wecken. Madlon hätte es da leichter.

Noch immer kam der Porsche nicht in Sicht. Wieder umdrehen. Wieder Spannung, wieder Ungeduld, Ängste in Bewegung umsetzen.

»Blätter... fallen mit verneinender Gebärde«.

Überall Rilke. Was wohl der Oberstudienrat unter das Heft schreiben würde, wenn einer seiner Schüler solch' einen Satz formte?

»Stil! Statt verneinen besser: resignieren!«

Und was, bitte schön, verneinen sie?

Ihr Schicksal? Gottes Natur? Den Prozeß des Alterns?

Verneinung an sich?

Ja, der Oberstudienrat war auf rätselhafte Weise »Frühpensionär«, arbeitslos. Und das Wort »Lebensgefährtin« wohl ein Wunschtraum. Er war Birgitt ausgeliefert. Wollte er sie nicht schon bald verlieren, mußte er eifrig dies und das tun. Und – fatal! – je mehr er sich so kommandieren ließ und gehorchte, desto mehr handelte er sich Birgitts Verachtung ein. Spürte er das nicht? Hatte er nie gelernt, Menschen zu beobachten? Ihre Spiele zu entlarven? Aber eher mußte ich mir auf die Zunge beißen, als ihm auch nur eine Andeutung zuzuspielen. Ja, auch er trug seinen Rilke mit sich herum. Den Schul-Rilke. Das ewige Alles- und Besserwissen. Er hatte den Dichter durchgenommen. Und natürlich auch die Worpsweder Schule. Die Nähe zu den Impressionisten. Das Hervorquellen aus der Romantik. »Das ist eine Linie in gerader Konsequenz!« hörte ich ihn mehrfach dozieren. Und: »Die Vorahnung sozialistischen Gedankenguts«, hatte er analysiert, »die Entdeckung des Arbeiters und seines Milieus in der Kunst, hat hier ihren Ursprung!«

So flüchteten die Damen sehr schnell aus seiner Nähe und stöberten in den Geschenkboutiquen und Töpferstuben nach rustikalen Souvenirs.

Nur die hübsche Gisela, cand. phil., ging ihre eigenen Wege. Das war ein apartes Mädchen, überaus bescheiden, sehr still. Ständiger Begleiter war ihr Skizzenblock – für Notizen ebenso wie für rasch und sicher angelegte Skizzen, Radierungen ähnlich. Sie schrieb an ihrer Examensarbeit über Rilke. Und: »Ich möchte sehen lernen!« sagte sie. Deshalb fotografiere sie nicht. Am dritten Tag beeindruckte sie mich durch die Sammlung ihrer Aquarelle – nachts entstanden. Kontrastreiche, aussagekräftige Bilder: Worpswede als gestörte Idylle. Wäre mein Kopf, oder besser, mein Herz nicht voll Madlon gewesen, Gisela hätte einen tiefen Verehrer in mir gefunden. Sie ist ein Kleinod, eine Kostbarkeit von Frau. Und provozierte mich zu der Frage: »Gibt es eigentlich auch solche jungen Männer?«

Und dann, ja dann sprach mich von hinten jemand an, sprach wie ein wunderbarer Interpret:

»Im Frühling oder im Traume
bin ich dir begegnet, einst,
und jetzt gehen wir zusammen durch den Herbsttag,
und du drückst mir die Hand ...«

Ich drehte mich um, noch ehe diese Sätze vollendet waren, und umarmte meine geliebte Madlon, meine Annemarie, mein so lange ersehntes Glück.

»...und du drückst mir die Hand und weinst!«

Ja, ich mußte wirklich wieder mit meiner Ergriffenheit kämpfen. Oh, wie ich Madlon umschlang und nicht und gar nicht mehr loslassen wollte. Immer und immer wieder küßte ich sie. Wieder stockten meine Worte. Wieder diese Fassungslosigkeit. Bis ich endlich die Frage, die belanglose Frage formen konnte:

»Wie hast Du mich gefunden?«

»Ich weiß immer, wo Du bist!« sagte Madlon und schaute mir strahlend ins Gesicht. Triumphierend wiederholte sie es:«Immer weiß ich, wo Du bist! Weil ich Dich so liebe!«

So, wie wir standen, hatte ich das Empfinden, als baue sich um uns herum aus den Birken, aus dem Nebel, aus den Lichtern der Straße und der Häuser eine Kathedrale. Es dauerte lange, bis wir zurück zur Erde fanden.

»Madlon, Madlon...«, sprach ich immer wieder vor mich hin.

»Nicht mehr Annemarie?«

»Ich weiß noch nicht. Denn Du bist Du – und diese Madlon liebe ich nicht minder als die Annemarie meiner Wunschträume.«

»Laß uns jetzt nicht philosophieren. Du hast nicht mehr viel Zeit. Es gibt sicher einiges zu besprechen. Und den Wagen habe ich zur Werkstatt gebracht. Zum Auftanken, Nachfüllen der Wisch-Wasch-Anlage.«

Madlon hatte nur zu recht. Eine strapaziöse Reise lag vor mir.

»Bring ihn nicht zurück nach Frankfurt, viel lieber wäre es mir, Du holtest mich in Duino oder in Raron ab. Nein, bitte hol' mich nicht nur ab. Wenn Du weißt, was ich meine!«

Die Minuten rannen uns davon wie Sekunden. Wir hatten uns so viel zu sagen, daß wir keine Worte fanden. Von den wenigen Augenblicken auf dem Friedhof abgesehen, war dies ja der erste Augenblick seit zweieinhalb Jahren, seit den Ereignissen in T., in dem wir allein miteinander waren und miteinander sprechen konnten. Und da gab es so viele Fragen, so viele Ideen, die drängten, ausgetauscht und bedacht zu werden – aber die Zeit lief uns unbarmherzig davon.

»Sag mir nur eines noch, Madlon«, ich flehte sie an, »warum bist Du damals in T. so meuchlings davongefahren?«

»Das ist eine lange Geschichte. Laß uns nicht jetzt, zwischen Tür und Angel, darüber sprechen. In Raron oder wo auch immer wir uns wiedersehen, will ich Dir gern alles erzählen. Nur dies bis dahin: Ich liebte Dich zu sehr und kam mir vor wie eine Motte, die zum Licht geflogen war und ihre Flügel zu verbrennen drohte!«

Noch nie war ich Porsche gefahren. Und eine regnerische Dämmerung mit nassen Asphaltstraßen bot sicherlich nicht die idealen Trainingsbedingungen. So fuhr ich langsam und genoß vor allem das Gefühl, in diesem Auto mit Madlon eins zu sein. Ich atmete die Intimität ein, die diesem kleinen Gehäuse innewohnte aus Hunderten von Stunden, in denen hier an diesem Lenkrad eine Frau saß, die mein Leben von einer Minute zur anderen verzaubert hatte. Da war der herbsüße Duft ihres Parfums. Da war die von ihr angebrochene Schokoladentafel. Ich genoß, als ich mich ein wenig auf das ungewohnte Fahrzeug eingestellt hatte, ihre Kassettensammlung, Lieblingsstücke, Melodien, die mir stundenlang von Madlon erzählten. Nein, das war nicht nur »meine Musik«, es waren für mich fremde, aber schöne Klänge.

Und welch' ein Vertrauen, sich im Grunde genommen nur aus wenigen Augenblicken zu kennen, die sich auf wenig über vierundzwanzig Stunden addierten – und dann ein Auto anvertraut zu bekommen, so ganz selbstverständlich, so natürlich: Meines ist auch deines. Zwar sah ich jetzt schon in manchen Punkten klarer. Aber was nun wirklich vorgefallen war in T., warum ich ihre Briefe nie erhielt, warum sie jahrelang verschwinden konnte, warum die Bindung um Haaresbreite auf Nimmerwiedersehen zerrissen, im Nichts, in nichts als nur Sehnsucht ausgeglüht wäre, das alles blieb mir rätselhaft. Wie schon so oft, begann ich, mir die unwahrscheinlichen, die geradezu grotesken, aberwitzigen Zufälle aufzuzählen, an deren riskanten Klippen alles zerschellt wäre. Aber ich mußte mindestens noch vierzehn Tage warten, bis Madlon mir einen Teil der Geheimnisse lüften konnte. Und dann?

* * * * * * *

– IX –

Rosen auf steinernen Treppen

In den Tagen »bis Raron« schickte ich meine Gedanken so oft auf die Reise zu Madlon, so oft nach Paris und Duino, daß ich mir ernste Sorgen um meine berufliche Arbeit bereiten mußte. Doch – eigentlich konnte ich mir gar keine Vorwürfe machen, denn alles ging mir einfach viel leichter von der Hand. Ich war beschwingt und wurde, wie man das wohl sagt, auf rosaroten Wolken dahingetragen. Probleme, wie zum Beispiel die Absage jenes Geschäftspartners, der mich in Zürich durch die Bahnhofstraße und die Altstadt geschleppt hatte, nahm ich mit ungewohnter Leichtigkeit hin. Dadurch kosteten sie mich weniger Kraft und ich konnte mich mit größerem Elan neuen Projekten zuwenden.

Jeder kennt wahrscheinlich dieses herrliche Gefühl der Verliebtheit, dieses Verzaubertsein, entrückt in eine Welt unendlichen Glücks. Während andere aber dabei am hellichten Tage gegen einen Laternenpfahl rennen mochten oder meine Sekretärin beachtliche Löcher in die Luft guckte, war ich von einer unglaublichen Arbeitslust besessen. Und mir gelang in diesen Tagen einfach alles. Meinte ich jedenfalls. Vielleicht verdrängte ich auch nur die üblichen kleinen Niederlagen, so wie einer an manchen Tagen nur die grünen und an anderen nur die roten Ampeln wahrnimmt und überzeugt ist, das Schicksal schikaniere ihn – oder verwöhne ihn mit einer Gewinnsträhne sondergleichen. Mein positives Lebensgefühl floß in die Gespräche mit den Klienten ein; sie wurden angesteckt und verließen mein Büro aufgeladen mit Optimismus, den sie dann meistens mit einer schnellen Auftragsbestätigung dankten.

Aber ich begann auch, Gedankenketten wieder nachzugehen, die ich nach T. und auch nach Disentis nicht zuendezudenken gewagt hatte. So betrachtete ich oft das Foto von Madlon, das mir ihre Mutter als Talisman geschenkt hatte. Zum ersten Mal konnte ich ja ohne die schnelle Vergänglichkeit des Augenblicks in ihren Zügen lesen. Ich konnte den bisher gar zu flüchtigen Eindrücken nachgehen. Ihre Augen waren es, die mir am eindrucksvollsten Botschaften zu übermitteln schienen. Ja, selbst noch aus der Zweidimensionalität des Fotos hatte ich das Gefühl, daß sie mich in eine Art Hypnose versetzen.

Wie kommt es, daß uns Tausende von Mädchen und Frauen begegnen, die zwar hübsch, adrett und freundlich ausschauen, die auch auf ihre Weise lebenstüchtig, tapfer und aktiv sein mögen, die auch vielen anderen Männern imponieren, aber bei uns macht es nicht »Klick«? Und dann kommt eine einzige, sagt kaum ein Wort, verbirgt sich noch hinter einer verwirrenden Tarnung, man schaut sich an – und im selben Augenblick sind wir elektrisiert! Alle Zellen des Körpers vibrieren! In Bruchteilen von Sekunden transportieren unsere Augen eine Art Code des Lebens, ihres Lebens und des meinen. Beide werden wie in einem Computer blitzschnell auf ihre Kompatibilität, also Verträglichkeit geprüft und das Okay gegeben. Erschreckend diese materialistische Deutung.

Aber wie geht das sonst? Beruht es schlicht auf einem Irrtum? Ist es ein Wunschtraum, der ganz und gar in uns entsteht und dem wir dann selbst zu seiner Erfüllung verhelfen? Hab' ich dann mit »Annemarie«, meiner Phantasiegestalt, zu tun – und nicht mit Madlon, dem realen Mädchen? Und wie denkt sie darüber?

Ihr Mund, was sagt er, wenn er – wie auf diesem Bild – nur eine stumme Sprache spricht? Um Millimeter geöffnet, nicht als ob er wirklich sprechen wollte, sondern nur das eine sagt: »Ich liebe Dich!« Wieso denn? Als das Foto von einem offensichtlichen Profi geschossen wurde, konnte sie doch nicht von Liebe sprechen, nicht von Liebe zu mir! Konnte sie doch nicht durch den Sucher seiner Kamera, durch die sich ein hundertdreißigstel Sekunde öffnende Optik hindurchschauen bis zu einem Phantom namens Hans Temme! Wunschgebilde! War es nicht vielmehr Angst, die aus der Stellung ihrer Lippen sprach? Sorge? War da ein resignativer Zug?

Wie hatte sie denn in T. geschaut? Genauso? Fröhlicher? Wie auch immer – es gab damals nicht einen einzigen spürbaren Moment des Zögerns, des Staunens oder auch nur der Überraschung. Nein, wir umarmten uns und küßten uns, als ob wir uns schon jahrelang Vertraute waren. Aus einem anderen Leben?

Ich hätte ihr ja damals schon (auch in der unterschwelligen Erinnerung an eine revolutionäre Linksintellektuelle?) ohne Einschränkung alles anvertraut, wäre sie nur geblieben. Mit jeder Summe Geldes und aller meiner Habe hätte ich sie bedenkenlos allein gelassen. Meinen Autoschlüssel? Sofort! Auch Bankvollmacht, wenn es darauf angekommen wäre. Leichtfertig? Traumtänzerisch? Fahrlässig? Wie ein verliebter Trottel? Nein – ich wußte ja nicht einmal, daß es Liebe war. Dafür ging alles viel zu schnell. Nur dieser Austausch unserer ganz persönlichen Codes, von Auge zu Auge, von Mund zu Mund, von Hand zu Hand und Körper zu Körper, nur das Einatmen ihrer Einzigartigkeit bewirkte dies. Bei mir! Ich müßte sie fragen, wie sie es wohl empfunden hat.

Ist denn in uns ein Bild, d a s Bild der Frau schon im Gehirn vorgespeichert und wartet nur darauf, daß eine kommt, die ihm konturenscharf entspricht – so wie die beiden Hälften eines zerbrochenen Schafsknochens sich zusammenfügen als »symbolon«, als fälschungssicherer Beweis, daß der Überbringer der einen Hälfte Freund dessen ist, der die andere wohl verwahrt? Fast schien es mir so. Doch sicher war ich mir ganz und gar nicht – noch immer blieb ich skeptisch, ob ich mir nicht doch einen Spuk zusammengebraut hatte.

Die Tage wurden zäh. Sie wichen nicht der Ungeduld des Herzens. Stress wurde mir willkommen, nur um Stunden zu töten. Ich kreuzte Striche wie ein Häftling in den letzten Wochen seiner Einsamkeit. War ich krank? Hysterisch? Fixiert? Ja, in der Tat, ich fieberte, den Jahren, Monaten und Tagen, die seit T. vergangen waren, ein Happy End zu geben: Madlon.

Wieder nahm ich Arbeit als Droge. Als Betäubungsmittel. Und ich spürte, daß ganz allmählich in mir ein Prozess der

Loslösung begann, der mich abwechselnd mit Schauern aus Furcht und Zufriedenheit übergoß. Jetzt, wo mir Madlon so nahe war, wo nur noch Tage zwischen unser beider Leben lagen, hörte ich auf zu klammern. Ich fragte mich immer häufiger, ob denn in einem gemeinsamen Alltag tatsächlich die einzige Lösung liege. Ja, auch, ob dadurch etwas zerstört werden könne, das uns jetzt fast magisch verbunden hielt. Ein gemeinsames Leben? JA! Aber so, wie in einer Ehe?

Ich konnte diese Überlegungen gut offen lassen, ohne in Unruhe zu verfallen. Dann ging es endlich los. Einen Tag früher, als ich eigentlich geplant hatte, startete ich quer durch die Alpen. Noch immer war ich nicht ganz frei von dem schelmenhaften Bedürfnis, ein wenig Rache zu nehmen für T. und Disentis. Ein kleines Räuber- und Gendarmspiel hatte ich mir dazu ausgedacht. Ich wollte der Gruppe auflauern und Madlon in Aktion beobachten! Heimlich wollte ich den Spuren Rilkes und seiner Verehrer(innen) folgen, wie ein Phantom auftauchen und wieder verschwinden. Ich kannte ja den Zeitplan und die Stationen dieser Reise. Ich wußte, wann Val Mont sur Montreux, wann Schloß Chillon, wann das kleine Schlößchen Muzot erreicht sein sollte, und wann letztlich diese Reise an Rilkes Grab neben dem Kirchlein von Raron im oberen Rhonetal ihren Abschluß nahm – wenn alles nach Plan lief. Und es lief nach Plan.

Für mein kleines Gaunerstück wählte ich Chillon, das Schloß, das in der Seele so vieler Dichter, nicht nur Lord Byron's, einen tiefen Eindruck hinterlassen hatte. Madlons auffälligen Porsche hatte ich sorgfältig getarnt geparkt. Sie rechnete ja erst am nächsten Tag mit mir. Ob sie auch diesmal wieder wüßte, wo ich bin?

Ich sah die Gruppe aus dem Bus steigen. Eine alte Festung bietet dafür großartige Ausguckmöglichkeiten. Aber schon bevor ich mein indiskretes Fernglas auf Madlon richten konnte, bemerkte ich, daß sie sich intensiv nach allen Richtungen umschaute, so, als hätte sie bereits »Witterung« aufgenommen, so wie ein Spürhund, der auf Verborgenes angesetzt wird. Auch die Mauern und Zinnen dieser Bastion musterte sie mit ihrem forschenden Blick. Ich drückte mich rasch zur Seite, obschon sie mich hätte unmöglich ausmachen können.

Mit der Gruppe waren deutliche Veränderungern vor sich gegangen. Es ist ja ganz und gar kein Zufall, wie sich Menschen gruppieren, selbst wenn sie nur die Straße überqueren. Der Oberstudienrat kümmerte sich beflissen um die heute strahlende Sylvia, während seine Birgitt mit dem Frankfurter Kurzhaar Arm in Arm angeschlendert kam. Die aparte Gisela in regem Gespräch mit Madlon. Das Rentnerpaar war offensichtlich nicht so gut drauf. Sie wollten wohl erst gar nicht aus dem Bus steigen. Der Fahrer redete lange auf sie ein, ehe sie sich doch noch der Gruppe anschlossen.

Madlon war blaß. Ob sie hinter der großen Sonnenbrille noch immer ein blaues Auge verbarg? Sie trug wieder den schwarzen Hosenanzug, den ich aus Disentis kannte. Inzwischen hatten die ersten das Kassenhäuschen auf der hölzernen Brücke erreicht. Um den Pulk nicht aus den Augen zu verlieren, mußte ich einen anderen Posten beziehen.

Aus einen Strauß dunkelroter Moosröschen, gekauft für Madlon zum Empfang in Raron, hatte ich drei mitgenommen und war darauf aus, sie einzeln so zu plazieren, daß sie mein geliebtes Mädchen sehen (und hoffentlich auch aufheben) würde. Das erste Mal schon ging es schief. Madlon fand die Blume zwar, als sie durch den Torbogen kam, sie lag da genau vor ihren Füßen, sie hob das Röschen auch auf, drehte es eine Weile nachdenklich zwischen ihren Fingern, legte es dann aber auf den Rand des kleinen Brunnens, der in der rechten Ecke des Vorhofs plätschert. Später, als die Gruppe den für erste Erläuterungen so geeigneten Platz verlassen hatte, gelang es mir, mein Blümchen zur Wiederverwendung zu stibitzen.

Mein Meisterstück vollbrachte ich, als die Gruppe bereits in das Kellerverließ zur Krypta hinabzusteigen begann.Ich kam – genaue Ortserkundung vorher machte es mir möglich – von der entgegengesetzten Richtung. Die kleine Rose war noch tropfnaß, als sie Madlon vor sich auf dem Steinsims fand. Und abermals zurücklegte! Anschließend nahm die kleine Gisela sie in die Hand, schnupperte daran und dekorierte sie wie eine Opfergabe auf dem Altarstein, der in hunderten von Jahren sicher schon so manchen Verzweifelten und Todgeweihten gesehen hatte.

Madlon war mit Schloß Chillon offensichtlich sehr gut vertraut. Ohne jede Unterlage trug sie ihre äußerst interessanten Erklärungen vor. Aus der Ferne konnte ich noch viele Details hinzulernen. Allerdings mußte ich so manche Lektion vorzeitig abbrechen, um mich – rosenstreuend – und auf leisen Sohlen in mein nächstes Versteck zu flüchten. Immerhin – die auf den Treppenstufen aus jenem berühmten und eindrucksvollen Gefängnis hinterlassene Rose blieb nicht dort liegen. Ich könnte es nicht beschwören, aber irgendjemanden glaubte ich sagen zu hören, es sei wohl ein Verehrer unterwegs... »ein Schloßgeist! Vielleicht war er mal Gärtner hier!« frozzelte jemand auf Hessisch.

Die nächste Blume plazierte ich im Erkerfenster eines kleinen Saales, wo ich allerdings den Verdacht eines finsterblickenden Kustos auf mich lenkte. Ihm war ganz sicher aufgefallen, daß ich mich nun schon mehr als drei Stunden in Chillon aufhielt. Doch tat ich so, als suche ich immer neue Fotomotive – aber warum nur in solch verräterischer Hast?

Würde er die Rose dort dulden? Oder amtlich gegen sie einschreiten? Sie entfernen aus einem Raum voller Würde und Waffen? Könnte ein eidgenössischer, ein welscher und gar ein puritanischer Kustos in diesem Saal ein Symbolon der Liebe tolerieren, oder würde er es verhaften, in Gewahrsam nehmen oder gar verächtlich aus dem Fenster werfen? Ich konnte es nicht kontrollieren, weil die Gruppe drohte, mir den Weg abzuschneiden. So floh ich in die »Retirade«. Ein trefflicher Name! Wie oft mögen sich die Grafen von Savoyen hierher zurückgezogen haben? Oder auch – respektlos, das zu denken? – ihre röckezurrenden Mätressen? Warum hatte man in solchen Gemäuern die Spuren der Schrecken konserviert, die der Erotik aber nicht?

Noch war ich mir nicht schlüssig, sollte ich mich Madlon

hier in Chillon zu erkennen geben – oder vorausfahren, also nur eine Fährte legen? Noch hatte ich die eine, aus der Krypta zurückerbeutete Rose mit den kleinen Wasserperlen. Die Schloßkapelle bot für sie den schönsten Rahmen. Doch mußte ich warten, damit sie nicht in die Hände einer Schar von schnatternden Amerikanerinnen fiele, die, blindlings um sich knipsend, durch die Gänge wogte. Sie bildeten ein Handicap, das mich zu äußerster Kühnheit zwang. Schon hörte ich vertraute Stimmen, da erst legte ich die Rose auf die dritte Bank zur Rechten, wo ein Sonnenfleck dafür Sorge trug, daß sie keinesfalls verborgen bleiben konnte.

Bei meiner Flucht wäre ich im Hof beinahe den Schäfers in die Arme gelaufen, dem Renterpaar, dem offensichtlich das viele Treppensteigen zu mühsam erschienen war. Sie verbauten mir sozusagen den Rückzug, so daß ich mich entschloß, doch auf den Bergfried zu klettern und dort ergeben zu warten, ob Madlon oder einige andere der Gruppe die Mühen auf sich nehmen würden, die steile, von Tausenden von Schuhsohlen ausgeschliffene Holztreppe hinaufzuklettern.

Etwa zehn Minuten genoß ich hier den Blick auf die Alpen, auf den See und Montreux, dann wurde ich enttarnt. Die kurzhaarige Doris war es, die mit schrillem Gruß auf mich zu flog.

»Ratet mal, wer hier ist!« brüllte sie in den Turm zurück. Und weil sie es selbst nicht abwarten konnte, auf eine Antwort zu warten, löste sie ihr Rätsel gleich selbst: »Der Temme!«

»Ja, wo kommen S-i-e denn her?«

Ich lächelte nur und nahm sie, ausgerechnet jene, die mir aus der ganzen Gruppe wegen ihrer aufgesetzten, gespielten Männlichkeit spontan zuwider war, in den Arm. Irgendwie war sie mir doch so vertraut geworden, daß sie mir wie ein Teil von Madlon vorkam.

»Jetzt geht mir ein Licht auf!« keuchte sie, noch ein wenig atemlos vom Treppensteigen. »Die kleinen Rosen – oder?«

Ich nickte nur, denn plötzlich war da so ein großer Kloß in meinem Hals. Im Pulk der anderen Frauen tauchte – endlich

– Madlons Gesicht auf. Sie starrte mich an. Wir wußten beide unsere Fassung zu wahren. Dabei hatte die Szene alles, was ein richtiger Rotz- und Wasser-Film aufzubieten vermag. Glück, Wiedersehensfreude, Sehnsucht. Die Hoffnung, nun endlich Stunden der Gemeinsamkeit vor uns zu haben. Zwei meiner Röschen trug sie in der Hand. Etwa anderthalb Meter vor mir blieb sie stehen. Ich sah, wie sie zitterte. Der ganze Körper erstarrte wie in einem Krampf. Sie rang um ihre Haltung. Gefesselt vom Kettengewand einer selbst auferlegten Disziplin. Ganz Rolle, ganz Reiseunternehmerin, gewann sie ihre Souveränität, ihre adlige Haltung zurück. Contenance wahren! – das hatte sie offensichtlich gelernt.

Dann ging ich auf sie zu. Sie bot mir Hand und Wange. Anders könnte man dieses Ritual nicht besser beschreiben. Aber jeder spürte wohl, was sich in diesen Sekunden vollzog, die uns die anderen – nicht weniger ergriffen – für unsere Begrüßung ließen. Jetzt waren auch der Studienrat und Gisela erschienen.

»Siehst Du, Madlon«, die Gisela war also jetzt per Du mit ihr, »ich hab's ja gleich gesagt, die Rosen sind für Dich!«

Gisela schenkte ich, was ich mir bei Madlon verkneifen mußte, eine flüchtige, aber innige Umarmung.

»Oh, Hans!« Auf mehr als diese beiden Worte brachte es Madlon nicht. War sie noch immer angeschlagen? Hielt sie sich mühsam aufrecht? Gestützt allein durch ihre Pflichten? Kam ich ihr gar ungelegen? Irgendwie verquer? Unsicherheit überkam mich. Später sagte sie mir auch, wie sehr sie mich in diesen Minuten an einen anderen Ort gewünscht hätte. Nicht böse, nein, ganz und gar nicht. Nein, nur hatte sie jetzt hier, an dieser Stelle, vor der Gruppe, keine Kraft für mich.

»Wie Fesseln, wie eine Garotte, legte es sich mir um den Hals, jenes Bewußtwerden, daß sich die Liebe zu einem Mann mit meiner Liebe zum Beruf nicht würde vereinen lassen.«

Als sie diese Worte, schwer mit sich ringend, aus sich herausquälte, saßen wir schon auf der Terrasse des kleinen Ferienhauses oberhalb von Raron, das ich für diese wenigen Tage angemietet hatte. Und hierher floh ich auch nach unserem Wiedersehen in Chillon.

Auch hatte ich mir vorgenommen, mich nicht noch einmal der Gruppe zu präsentieren. Ich wollte nicht das Klima, nicht Madlons Arbeit und Konzentration zerstören. Denn das fühlte ich: Madlon gehörte dabei so ganz und gar ihren »Gästen«, wie sie zu sagen pflegte, daß für mich kein Platz blieb. Nicht für jemanden, der sie emotional so übermächtig erfüllte und in Anspruch nahm.

So total, daß sie auch am Abend und zur Nacht nicht zu mir kam. Allein saß ich dort und wußte sie doch so nahe. Ich hätte die Lichter des kleinen Gasthofes ausmachen können, in dem sie jetzt ganz sicher schon den Abschied feierte. Denn soviel Zugeständnis hatte sie ihren Gästen und sich abgerungen, daß sie der Busfahrer allein von hier nach Frankfurt zurückbringen würde.

Allerdings hatte sie zunächst ihr Bleiben so begründet, daß sie noch für eine andere Reise recherchieren müsse. Nun hatte ich sie vor ihrer Gruppe bloßgestellt.

Welt war in dem Antlitz der Geliebten,
aber plötzlich ist sie ausgegossen:
Welt ist draußen, Welt ist nicht zu fassen.

Warum trank ich nicht, da ich es aufhob,
aus dem vollen, dem geliebten Antlitz
Welt, die nah war, duftend meinem Munde?

Ach, ich trank. Wie trank ich unerschöpflich!
Doch auch ich war angefüllt mit zuviel
Welt, und trinkend ging ich selber über.

War es ein Zufall, daß sich in meinem Rilkebüchlein diese Zeilen an jenem Abend von allein aufblätterten?

* * * * * * *

– X –

Die Geschichte einer Flucht

Dann, auf einmal, saßen wir zusammen. Auch die zähesten Stunden tropfen einmal von den Bäumen, von den Wänden und Bildern, die man ungeduldig betrachtet.

Und jetzt war es, als ob wir tage-, wochen-, monatelang auf einander zu gelaufen wären, was ja stimmte, und nun ganz atemlos und erschöpft einander in die Arme fielen, ohne unserer Sehnsucht Gestalt und Ausdruck geben zu können. Sogar die Wörter und die Sätze hatten wir verloren.

Am Ende dieser langen Reise zum ersehnten Du stand in der Stille des Raumes die große bange Frage: UND JETZT? vor deren Beantwortung es kein Entrinnen gab.

Doch keiner von uns beiden wagte, auch nur leise an sie zu rühren.

Immer und immer wieder sahen wir uns an, einte uns unsere Sprachlosigkeit. Ereignisse ohne Belang halfen uns schließlich, diese bleiernen Minuten zu überbrücken. Wer mit wem schließlich auf der Rilke-Reise intimere Beziehungen geknüpft, wer mit wem überkreuzgeraten war, wer wo was gesagt hatte, das und die Zufriedenheit der Gäste dienten uns als willkommenes Terrain, um dem Eigentlichen auszuweichen.

Der Abend war ja doch anders ausgegangen, als ich geplant hatte. Es war schon spät, als das Telefon schnarrte. Ein ungewohntes Geräusch, das ich fast überhört hätte. Madlon war dran. Die Gruppe sei eigentlich ein bißchen böse auf mich, weil ich mich so mir nichts, dir nichts aus dem Staube gemacht hätte. Warum denn auch, ich gehöre ja doch dazu. So zog ich mich wieder an und stapfte durch die frostkalte Nacht. Nur das Pfeifen der Triebwagenzüge am fernen Bahnhof durchbrach von Zeit zu Zeit die Stille. Das Knirschen meiner Schritte wirkte wie ein Rhythmusgeber dazu.

Im »Rebstock« wurde ich mit großem Hallo begrüßt. Die Stimmung hatte selbst das Professorenpaar ergriffen.

Schwänke wurden erzählt. Erlebnisse stachen sich gegenseitig aus. Das buntgeschmückte, auftrumpfende Erzählen glich dem alten Ritual der Ritterspiele, nur daß man hier den Gegner verbal auszustechen versuchte. Ich erinnerte mich an Nägele und seine Sucht nach Superlativen. Man plazierte mich neben Madlon, und jeder schien zu wissen, was wir so gar nicht wußten: Die beiden werden ein Paar! »Verliebt, verlobt, verheiratet« meinte die greise Frau Schäfer. Ja, das waren noch andere Zeiten!

»Man sieht es euch ja doch an euren Gesichtern an, was los ist!« setzte Doris nach. Und Madlon wurde immer verlegener.

»Wir kennen uns jetzt etwa..... 24 Stunden!« kommentierte ich, aber keiner wollte das glauben.

»Wie man‘s nimmt. Wenn wir nur die Minuten zählen, in denen wir uns gesehen haben, eher weniger als mehr!«

Madlons bestätigende Worte trieben natürlich die Neugier auf die Spitze.

»Liebe auf den ersten Blick?«

»Ja, aber der liegt schon um viele Jahre zurück!« Und nun erzählte Madlon von ihren wüsten, revolutionären Jahren, und holte sich für manches unglaubliche Detail Bestätigung bei Doris, Gudrun und Karin, ihren Schulkameradinnen. Niemand wollte es so recht wahrhaben, daß diese so kultivierte, kunstsachverständige Unternehmerin einmal als ausgeflippte Anarchistin Frankfurt unsicher gemacht hatte.

»Bis der Typ da kam!« Kurzhaar Doris wußte Einzelheiten, die mir bisher verborgen geblieben waren. »Da hat‘s bei der Loni aber ganz gehörig gefunkt!«

Es war gut, daß ihre Frankfurter Freundinnen – auch unter der Wirkung des vollmundigen Dole – jetzt die Rolle geschwätziger Erzählerinnen übernahmen; denn Madlons Worte tröpfelten nur noch zögernd in diese Runde. Je mehr sie sich in die damalige Zeit zurückversetzen mußte, desto karger, stockender flossen ihre Sätze. War es, daß die Erinnerungen allzu heftig den Schmerz der letzten Wochen und Jahre aufbrechen ließen? Oder übersprang sie einfach deshalb ganze

Jahre und zum Beispiel das, was mit uns in T. geschah, weil sie es wohl bewahren wollte – nur für uns?

Es wurde dennoch eine lange Nacht, bis ich mich endlich verabschieden durfte.

»Kümmern Sie sich um Loni. Es geht ihr nicht gut!« flüsterte mir Doris noch ins Ohr, als sie mich zuletzt – zu meiner Verblüffung – noch einmal ganz fest in ihre Arme nahm.

Madlon blieb verständlicherweise im Hotel, um ihre Gäste am Morgen noch in den Bus setzen zu können.

Ja, ich hätte auch ohne die mahnenden Worte von Doris gespürt, daß Madlon – was Wunder! – strapaziert wirkte. »Der Tapfere«, so hatte ich irgendwo gelesen, »verspürt die Angst und Strapaze erst nach der Tat. Der Feige vorher.«

Jetzt, im abklingenden Stress einer wohlgelungenen Reise ohne schwerwiegende Zwischenfälle, jetzt, nachdem das Betäubungsmittel »Arbeit« seine Wirkung allmählich versagte, stand Imogen im Raum. Die Trauer, ausgesetzt für 14 Tage, brach hervor. Und dazu noch das große WAS NUN?.

»Auf einmal ist etwas vorbei, etwas, wo du dich oft dabei erwischt hast, daß du Tage und Stunden zähltest..... dann, wie bei einer Lawine, nimmt die Geschwindigkeit zu, schließlich rasen die Ereignisse an dir vorbei, überstürzen sich und dann fühlst du dich wie rausgeschossen irgendwo in eine Leere. Was du ersehnt hast, es ist da, aber du hast keinen Atem mehr, deine Augen sind müde, die Ohren möchten sich verschließen. Oh, Hans, verzeih'!«

Alle Träume von der ganz großen Liebesfeier, vom leidenschaftlichen Bacchanal, das in der Phantasie schon hundertmal in meinem Männergehirn stattgefunden hatte, waren zerstoben. Wie die Nebelfetzen, durch die wir bald zu wandern begannen. Wenigstens das. Nicht still sitzen zu müssen, nicht aus der Stille alles an sich herankriechen zu lassen, war schon eine Wohltat. Wortlos, Arm in Arm stimmten wir unsere Schritte aufeinander ab. Je mehr die feuchte Kälte von uns Besitz ergreifen wollte, desto fester klammerten wir uns aneinander.

»Ich liebe halt Dich und ich liebe meine Mutter und ich

liebe meinen Beruf. Und nur eines davon geht. Das ist es!«

Ich war froh, daß Madlon zu sprechen begann. Daß sie begann, sich etwas von der Seele zu reden.

»Warum solltest Du nicht Deinen Beruf und die Menschen lieben können, die Dich umgeben? Gleichzeitig, meine ich?«

»Lieben – das heißt nicht nur fühlen. Lieben, das heißt für mich, aktiv zu sein. Etwas für Dich, für meine Mutter oder für meine Arbeit tun. Und das geht eben nicht. Geht nicht mehr. Ist eigentlich noch nie gegangen. Das hast Du ja am meisten zu spüren bekommen.«

»Wie soll ich das verstehen?«

»Nun, so lange Imogen noch lebte, ging das noch so einigermaßen mit dem Geschäft. Wenigstens wenn ich nicht auf Tour mußte, war Zeit für Mutter und Immel. Gemeinsam konnten wir die Arbeit schaffen. Waren wir eine unzertrennliche Truppe. Erschreckend jetzt zu sehen, wie sehr ausgerechnet die totkranke Immel unser aller Stütze war.«

»Könntest Du Dir nicht vorstellen, daß Immels Arbeiten durch jemanden anderen übernommen werden?«

»Mutter einen Angestellten zumuten? Nie!«

»Nicht Deiner Mutter, Madlon. Er könnte bei mir arbeiten. Wir könnten gemeinsame Sache machen...«

Ein Ruck ging durch Madlons ganzen Körper. Ich spürte förmlich, wie sie von einer zu anderen Sekunde von dieser Idee beseelt wurde.

Dann blieb sie so abrupt stehen, als habe sie in der Tat diesen für mich inzwischen so vertrauten Gedanken nie in sich erwogen.

»Hans, ist das Dein Ernst?«

Wie seinerzeit bei unserem Spaziergang in T. löste sie sich spontan aus meinen Armen und stellte sich vor mich.

»Hans, sag‘ das noch mal!«

»Madlon, da ist nicht viel zu sagen. Ich finde es geradezu selbstverständlich. Wir müßten nur überlegen, wie wir das organisatorisch regeln. Die Entfernung zwischen München und Königstein ist technisch nur ein kleines Problem. Datenübertragung, das geht heutzutage in Sekundenschnelle. Wir stellen zu euch ein kleines Terminal und ein Telefax. Die Daten- und Textverarbeitung erfolgt dann bei uns.«

»Mutter würde nicht noch einmal umziehen. Unser kleines Haus, weißt Du, ist das erste, was wir uns gemeinsam erarbeitet haben.«

Madlon verfiel wieder ins Grübeln. Die plötzlich so hell aufgeflammte Hoffnung fiel in sich zusammen.

»Dabei ist das Organisatorische sicher leicht zu lösen. Dafür gibt es heute alle Möglichkeiten. Aber die Entfernung zwischen Dir und mir, zwischen Deiner Mutter..... und uns könnte man halt durch nichts überbrücken.«

»Und um nichts möchte ich Mutter allein lassen. Schon gar nicht jetzt, nachdem uns Imogen verlassen hat.«

»Vielleicht findet sich ein Weg, wenn wir mit ihr darüber sprechen.«

Ich schaute zu Madlon hinüber.

»In Worpswede fragtest Du mich, weshalb ich Dich in T. so Hals über Kopf verließ, so ganz ohne jedes Sterbenswörtchen. Ahnst Du es jetzt?«

Ich war noch so von anderen Gedanken erfüllt, daß ich von ihrer Frage ziemlich überrascht wurde.

»Du weißt, daß ich Dich lange mit meinen Gedanken, mit meiner jungen, verzweifelten Liebe, mit meiner ganzen Sehnsucht verfolgt habe.....«

»Nein, woher sollte ich es gewußt haben, Madlon? Die vielen Briefe, die Du mir, jedenfalls nach Aussagen Deiner Mutter, geschrieben hast, habe ich nie erhalten.....«

»...... weil ich sie nie abgeschickt habe. Ich hatte einfach Angst. Angst, in Dein Leben einzubrechen. Angst, von Dir abgewiesen zu werden. Angst vor mir selbst. Angst vor ..... ja, wie soll ich Dir das erklären?«

»Aber warum hast Du mich dann überhaupt in T. besucht?«

»Ach, weißt Du, Hans, es gab einfach soviele Rätsel, soviele Zufälle. Immer wieder tauchte Dein Name auf, gab es Hinweise auf Deine Gegenwart. Sicher habe ich auch immer nach Dir geforscht. Mich ließ einfach nicht los, was Du damals in der Kneipe zu mir gesagt hattest. Daß Du mit mir allzu gern eine Reise zu meinem Selbst unternehmen wolltest. Daß Du mich so klar in meiner Verlorenheit, in meiner falschen Identität erkannt hattest. Und mehr noch..... ich will sagen..... das, was Du nicht gesagt hast, was unausgesprochen zwischen uns blieb, war für mich so schwerwiegend, so wichtig. Es war auch ein Strohhalm für mich, an den ich mich immer wieder geklammert habe, wenn ich drohte unterzugehen. Unterzugehen und erdrückt zu werden von der Last, die mir auferlegt worden war und die ich mir selbst aufgebürdet hatte.

Da beschloß ich immer mal wieder, Dich zu suchen. Das war zunächst ja auch gar nicht schwer. Ich hatte ja die Teilnehmerliste Deines Kongresses. Schon zwei oder drei Tage später ging ich damals vor dem Haus in Unterföhring auf und ab, wo ihr damals eure Büros hattet. Ich wollte Dich wiedersehen. Wollte Dich ansprechen, sobald Du aus dem Hause kämest. Aber dann tratst Du mit einer anderen Frau aus der Tür. Sie war sehr hübsch, wahnsinnig gut gekleidet, und Du hast ihr sehr, sehr charmant die Wagentür geöffnet. Hast ihren Mantel gegriffen, damit er nicht in der Tür eingeklemmt würde. Das sah so nach Liebe, nach Fürsorge aus, daß ich vor Eifersucht schier zerplatzt wäre. In meinen Jeans, dem vergammelten Armee-Pulli und mit meiner strähnigen Protestfrisur konnte ich mir da keine Chancen ausrechnen.

Was sollte ich tun? Es blieb mir nichts anderes übrig, als Dich zu vergessen. Was nicht gelang. Je mehr ich es versuchte, desto hartnäckiger wurden meine Phantasien.

Frag mich nicht, wieviele Zufälle mir immer wieder Deinen Namen zugespielt haben! Du nimmst eine Anhalterin mit und es ist meine Freundin Suzanne, mit der Du von München nach Würzburg ins Gespräch kommst. Und schenkst ihr später ein Bild. Nicht nur das, ihr schickst Du – sag mal, hast Du Dich eigentlich damals in sie verliebt? – ein paar Deiner Manuskripte, auf denen zwei Deiner Pseudonyme standen. Du weißt, daß ich ihr die »Rapsfelder« später abgehandelt habe?«

Kilometer über Kilometer liefen wir am Hang des Rhonetals entlang. Eine kräftige Herbstsonne hatte die Nebel aufgefressen und den Blick auf die verschneiten walliser Alpen freigegeben. Mittags kehrten wir in einer einfachen Beize ein. Aber immer kamen wir auf dasselbe Thema zurück.

»Immer, wenn ich meine private Akte »Hans T.« schließen wollte, erhielt ich wieder ein Lebenszeichen von Dir. Artikel in Zeitschriften. Kopien von Arbeiten, die Du Suzanne geschickt hast.«

»Aber es gab doch soviele andere Männer, andere Bekanntschaften für Dich. So eine schöne Frau! Du hättest doch an jedem Finger einen haben können!«

»Wenn da nicht mein Versprechen gewesen wäre.....«

»Welches Versprechen?«

»Das ich Imogen gegeben hatte. So lange sie krank wäre, hatte ich ihr gelobt, so lange wollte ich keinerlei Beziehung zu einem Mann beginnen. Ja, es war sogar ein richtiges Gelübde, das ich vor dem Marienaltar in unserer Kirche geleistet hatte. Was tat ich nicht alles dafür, daß Imogen wieder gesund würde! Und dieses Gelübde hätte ich dann ja auch um ein Haar gebrochen.«

»Und wer war der Verführer?«

»Oh, Hans, weißt Du das tatsächlich nicht? Du kennst ihn sehr, sehr gut!« Und schelmisch fügte sie hinzu: »Es war übrigens der erste Mann in meinem Leben, der mich Annemarie taufte!«

»Und wie hast Du mich da gefunden?«

»Wieder ein purer Zufall. Wieder eine von jenen wahnwitzigen Begebenheiten, die mich zutiefst verwirrt und berührt haben. Ich bereitete damals eine Reise durch den Rupertiwinkel vor und recherchierte, welche Burgen, Schlösser, Kirchen und Klöster für unsere Reiseroute wichtig sein könnten. So hielt ich auch in T. und ging in die nächste Kneipe, eben zum Willi, zum Brückenwirt, um ein paar Auskünfte zu erhalten. Und der sagte mir, wenn ich über die Burg Näheres erfahren wolle, dann solle ich mich an einen gewissen Herrn Temme wenden...

Du, da zuckte eine Art elektrischer Schlag durch meinen ganzen Körper. Ich holte meine Sachen aus dem Auto, hab' wohl auch noch ein Zimmer bei ihm gebucht, aber dann bin ich – haste was kannste – den Burgberg hinaufgelaufen. Und den Rest der Geschichte kennst Du!«

»Oh nein, da gibt es noch soviele Fragezeichen, so vieles, das mich seither nicht in Ruhe gelassen hat. Woher wußtest Du zum Beispiel von diesem Bild? Weißt Du, was ich gedacht habe, als Du mich ausgerechnet nach diesem Bild fragtest? Ich dachte, Du wärest ein Geist, eine Fee, nein, eigentlich erschrak ich zu Tode, ich dachte Du seiest mein Tod und meine letzte Stunde habe geschlagen. Ein sympathischer Tod immerhin, mit dem ich gern zum Himmel gefahren wäre!«

»Aber der Tod ist doch keine Frau!«

»Genau das sagte ich mir. Und ich habe Dich immer und immer wieder angefaßt, um mich zu vergewissern, daß Du ein Stück Wirklichkeit bist. Fleisch und Blut. Ein leibhaftiges Mädchen und nicht der Leibhaftige!«

»Dabei ist dieser Teil der Geschichte nun ganz einfach. Du hast einfach geplappert. Einmal gegenüber Suzanne Willmann. Unter Künstlern sozusagen.«

»Und noch?«

»Du hast da eine ganz große kleine Freundin. Ein ganz süßes Mädchen, das Dich vergöttert: die Sophie. Die Tochter vom Willi, die Dir immer die Semmeln, die Butter und die Wurst gebracht hat. Als sie hörte, daß ich Dich kenne, hat sie alles nur so herausgesprudelt. Sie hat Dich sehr genau beobachtet. Sehr genau. Von allen Bildern hat ihr dieses am besten gefallen, das, wo man von einer Welt in die andere geht.

»Eigentlich, hat sie mir gesagt, ginge das ja gar nicht. Aber bei Dir ginge alles! Und da war ich natürlich doppelt neugierig.«

»Ich weiß, daß ich diese kleine große Verehrerin hatte. Sophie war mein Ein und Alles, wenn sie zur mir heraufkam. Zu gern hätte ich ihr immer wieder den Kopf gestreichelt. Einmal hat sie sich von mir die Haare kämmen lassen. Lange und inbrünstig bin ich immer wieder durch die rotblonden

Strähnen gefahren. Ich gebe zu, das war eine erotische Kulthandlung für mich, ganz und gar nicht so unschuldig, wie es den Anschein hatte. Oder sie ließ sich von mir die kleinen Hände waschen, wenn sie – was sie gar zu gern tat – mitgemalt hatte. Oft ließ ich sie die ersten Farbstriche, die ersten Akzente setzen. Oh ja, die Sophie! Auf sie könntest Du eifersüchtig sein. Ich habe oft an sie zurückgedacht. Was wäre meine Burg ohne dieses anmutige Burgfräulein gewesen?

Aber da lastete wohl auch ein Fluch auf meinen Mauern, denn ebenso wie die kleine Sophie immer nur kurze Zeit bleiben durfte, bist Du ja auch gleich wieder weggelaufen. Und warum? Warum hast Du Dich so klammheimlich davongestohlen? Mitten in der Nacht? Ohne auch nur ein Sterbenswörtchen zu hinterlassen?«

»Oh, Hans, ich weiß nicht, ob Du das verstehen kannst. Um mich herum begann sich plötzlich ein Inferno auszubreiten. Mir war bewußt geworden, daß ich dabei war, ein Gelübde zu brechen. Weißt Du, als ich so neben Dir lag, fast Haut an Haut, und als die erste Erschöpfung von mir gewichen war, da loderte in mir die Sehnsucht nach Zärtlichkeit, nach Berührungen, nach inniger Erfüllung auf. Da wurde mir bewußt, was ich angerichtet hatte, bei Dir, bei mir. Und vor meinen Augen tauchte so ganz aus dem Dunkel der Nacht, aber zum Greifen nahe, Imogen auf. Im Rollstuhl fuhr sie auf mich zu. Hilflos sah sie mich an. Bettelnd reckte sie ihre schmalen Hände. Aber alles war stumm, als ob eine dicke Glasscheibe zwischen ihr und mir jeden Laut geschluckt hätte.

Da überfiel mich wie ein heftiger Schauer der Verdacht, Imogen sei gestorben, gerade in dieser Sekunde, in jenem Augenblick, in dem ich sie verlassen hatte, in der ich, ihr die Treue brechend, mit einem Mann im Bett lag und Lust in mir emporstieg. 'Du hast sie umgebracht', sagte ich zu mir. Es war so fürchterlich. Die Panik schnürte alles in mir zu, lähmte meine Hände, als ich Dir nur ein paar Zeilen schreiben wollte. In wenigen Minuten hatte ich all mein Zeug zusammengerafft und stürzte förmlich den Hang hinunter. Noch in derselben Nacht raste ich zurück nach Königstein. Ich hatte Angst zu telefonieren. Als ich in unsere Straße einbog und Licht in unserem Häuschen sah, Licht in Imogens Zimmer, da wurde mir mein Verdacht zur Gewißheit. Aber Imogen war nicht tot. Es ging ihr nur von einem Tag zum anderen sehr viel schlechter, und in mir türmten sich die Schuldgefühle zu unermeßlichen Felsblöcken. Mutter war verzweifelt. Ich lief in unsere kleine Kirche, kaufte soviele Opferkerzen, wie ich in zwei Händen tragen konnte. In ihrem Flackerschein erneuerte ich mein Gelübde, nur noch für Imogen dazusein und für unser gemeinsames Lebenswerk. Wenn sie nur – was immer meine stille, einfältige Hoffnung war – gesund würde oder wenigstens noch lange bei uns bliebe und nicht zu sehr zu leiden hätte.

Verstehst Du nun, weshalb ich fliehen mußte? Verstehst Du nun, daß ich mich nie wieder gemeldet habe? Kannst Du mir irgendwie verzeihen, daß ich Dich damit so ins Unglück, so in die Verzweiflung gestürzt habe?«

Madlon zitterte in meinen Armen. Ihre Wangen zuckten, als ich sie mit meinen Lippen berührte. Tränen standen in ihren Augen. Es war, als erlebe sie in diesem Moment die Schrecken jener Tage von neuem. Aber auch in mir stieg äußerste Beklommenheit auf, wenn ich mich an diese Zeit erinnerte, an die Zeit, in der ich zutiefst an mir zu zweifeln begann, als mir der Boden unter den Füßen wegzurutschen begann und ich mehr als einmal glaubte, Signale des Todes empfangen zu haben.

So mußte ich auch immer wieder stehenbleiben, als ich nun meinerseits zu erzählen begonnen hatte, wie ich die Stunden, Tage und Wochen nach jenem geheimnisvollen Besuch in T. zu verkraften versuchte.

»Ja, in der Tat, warst Du für mich eine Art Tod. Ich wußte, eine Spanne meines Lebens war unwiderrufbar vorbei. Ich spürte, daß der Prozess der 'Transition', den ich zu malen versucht hatte, daß ich dieses Hinübergleiten von einem Leben in ein anderes, sozusagen 'herbeigemalt' hatte. Du kamst zugleich als Todesengel und als Bote aus einer neuen Welt, aus der Welt meiner Sehnsüchte, meiner Träume. Es war ein Zauber, der sich mir jäh entzog. Der Engel löste sich in Zweifel und Qualen auf. Zweifel auch, wo, wenn überhaupt, sich ein neuer Weg öffnen sollte.

Wenn Du nur ein Wort geschrieben hättest, nur eine Zeile, nur einen Grashalm geschickt hättest.....«

»..... hättest Du dann Ruhe gegeben? Hättest Du nicht Deine Annemarie gesucht, suchen müssen? Wie lange hätte es gedauert, bis Du in Königstein aufgetaucht wärest?«

Sie hatte nur zu recht.

»Ja, natürlich hätte ich mich nicht bezähmen können, Dich zu suchen. Viele Anhaltspunkte hatte ich ja nicht. Doch ich hätte mich durchgefragt. Nicht nur aus Liebe zu Dir. Liebe auf den ersten Blick hätte ich zur Not noch als romantisch herunterspielen können. Aber es ging mir darum, eine Selbstbestätigung zu erfahren, Sicherheit zu gewinnen, daß ich nicht unter Hysterie, unter Halluzinationen oder Schizophrenie litt. Schließlich hatte ich T. verlassen, weil mir die Burg unheimlich geworden war. Weil ich von Angst besessen war, daß ich mich in diesen Mauern um meinen Verstand bringen würde.«

* * * * * * *

– XI –

Die Reise zum Du

Die lange Wanderung durch den walliser Herbst hatte uns beiden sehr gut getan. Es hatte schon zu dämmern begonnen, als wir ein wenig durchfroren und zerzaust wieder zu unserem Chalet gelangten.

Madlon fröstelte. Während sie uns einen Tee braute, ließ ich ihr ein Bad ein.

Zum ersten Mal seit T. umgab uns das Gefühl wärmender Geborgenheit. Zum ersten Mal gab es Momente kostbarer Intimität: für eine geliebte Frau zum ersten Mal ein Bad bereiten. Dem geliebten Mann zum ersten Mal einen Tee kredenzen. Zum ersten Mal in ein gemeinsames Schlafzimmer gehen, das Bett anschauen, die Stätte ersehnter Zärtlichkeiten. Die Decke aufschlagen. Auf das Kopfkissen der Geliebten ein Gänseblümchen legen. Die eigene Kosmetiktasche neben die des Mannes stellen – das, so gestand mir Madlon später, war für sie ein besonders erotischer Moment! Feststellen, daß er dieselbe Zahnpasta benutzt wie man selbst. Die Schuhe abstreifen und barfuß durch die Wohnung laufen. Der Geliebten den eigenen Bademantel hinlegen. Mögen Tausende von Männern die Sensibilität für diese kleinen erotischen Akzente eingebüßt, mögen selbst viele Frauen ihr feines Empfinden für solche Rituale verloren haben, ich danke meinem Schöpfer, meinem Leben und all den wunderbaren Frauen, die ich kennenlernen durfte, daß meine Sinne nicht stumpf geworden waren. Daß sie mich auch diese kleinen Feste vor dem großen Fest mit Inbrunst feiern ließen.

Gleich würde Madlon erscheinen, im meinem Bademantel. Jetzt, in diesem Augenblick würde sie ihren Rock in einen Bügel einhängen, ihre Bluse glätten, ihren Pulli über den Stuhl legen. Nie wäre es mir eingefallen, Voyeur zu spielen oder – Zufälligkeit heuchelnd – in diese Szene einzudringen. Annemarie hatte damals neben mir im Feldbett gelegen, in

Jeans und Pullover. Madlon erschien mir heute wie die Prinzessin in einer Märchenhochzeit.

In kleinen weißen Ballerinenschuhen durchquerte sie das Kaminzimmer.

»Vielen Dank für den Bademantel«, flüsterte sie mir ins Ohr.«Aber ich habe mir extra für diesen unseren zweitersten Abend etwas gekauft. Gefällt es Dir?«

Ein schneeweißes, anschmiegsames Hauskleid – mit einem verführerischen Reißverschluß vom angoraflauschigen Kragen bis in Kniehöhe. Von hinten umfaßte sie meine Schultern und küßte mich auf die Stirn meines zurückgebeugten Kopfes. Ihre Haare flossen über mich, hüllten mich ein wie ein duftender Schleier.

»Ich liebe Dich! Oh, könnte ich nur bei Dir bleiben...«

Mitten in diese dahingeflüsterte Poesie schnarrte das Telefon – fast symbolhaft. Es war Doris, die aus Frankfurt die problemlose Heimkehr der Gruppe meldete. Ich sah es Madlon förmlich an, wie sie aus unserer wieder in die andere Welt überwechselte, wie sie die Madlon ihrer Gäste wurde, präzise, fürsorgende Fragen stellte und mit einem 'Hoffentlich geht das gut!' einen Vorgang kommentierte, den ich mir in meiner Phantasie gut ausmalen konnte.

»...ja, Doris, es geht mir schon wieder sehr viel besser. Hans verwöhnt mich. Ich werde es schaffen. Vielen, vielen Dank, Doris! Ja, und auf bald!«

Für Momente war die Stimmung zerrissen. Mußte das Geschäftige, das Geschäftliche verarbeitet werden.

Sylvias Mann war am Bus erschienen, und es hatte eine unangenhme Szene gegeben. Aber alle ließen grüßen. Und Doris wünscht uns toi, toi, toi.

Ich stand auf, um das Badewasser abzudrehen. Brauchte diese Bewegung auch, um eine spontan über mich gekommene Spannung abzureagieren. 'Könnte ich nur bei Dir bleiben' hatte Madlon gesagt. Wußte sie nicht, welche Ängste sie mit diesem Satz erneut in mir wecken mußte? Warum 'könnte'? Wann würde sie wieder fortgehen? Sich wieder in Nichts auflösen? Wie tief reichte die Resignation bei ihr? Wie ausgeprägt war ihre Entschlossenheit, ein Leben für die THEMA-Reisen, für ihre Mutter, für Königstein – aber ohne mich – zu leben?

Ich war so betroffen und so versunken in meine Gedanken, daß ich mich auf den Wannenrand gesetzt hatte und nicht hörte, wie Madlon nachkam. Erst durch ihr 'Dreh Dich wenigstens andeutungsweise mal zur anderen Seite' gelang es ihr, mich wieder munterer zu stimmen. Der Reißverschluß sirrte und ich hörte, wie das Mädchen vorsichtig prüfend, mit den Zehen die Wassertemperatur erforschend, allmählich in die Wanne glitt. Dennoch löste sie dabei eine üppige Welle aus, die mein Hemd und meine Hose tränkte.

»So geht das, wenn man partout Nixen beim Baden zuschauen will!« frozzelte sie. Offensichtlich war sie jetzt, nachdem alle Sorgen um ihre Gäste von ihr abgefallen waren, wesentlich besser drauf, wurde keck und lustig und erlaubte mir, 'in Ehren' zu gucken.

»Hast ja lange genug warten müssen!«

So wahr ich Hans Temme heiße und meine Augen wahrlich nicht die erste Eva im Urkostüm zu sehen bekamen, geriet ich in Verlegenheit. Ja, Hitze schoß mir ins Gesicht, als ich die Augen hob und diese aparte Frau in ihrer unverhüllten Weiblichkeit so wenige Zentimeter neben mir erblickte. Weiße Schaumbahnen rannen von ihren braungebrannten Brüsten. Ihr feenhafter Hals kam unter den hochgesteckten Haaren besonders verführerisch zur Geltung.

»Nun... gefall' ich Dir?« fragte sie selbstsicher. »Dann darfst Du mir auch gleich den Rücken schrubben!« rief sie mir nach, als ich dieses Bacchanal meiner libidinösen Neugier zunächst einmal verlassen mußte, um meine nassen Klamotten abzuwerfen.

Den Five o'clock-Tea, den ich dann ins Badezimmer servierte, nahmen wir nun so gar nicht in den Roben der feinen Gesellschaft ein. Das »kleine Schwarze« fiel in der Tat sehr klein aus – im reizvollen V-Schnitt. Und mein Sweater war nicht gerade aus Schafwolle. So lange meine Hände noch trocken waren, fütterte ich meine Nixe mit Plätzchen und führte ihr mit zitternder Hand die Tasse zum Mund. Schließlich konnte ich nicht mehr widerstehen, ich mußte sie einfach berühren, mußte sie streicheln, mußte langsam und genießerisch über ihre Schultern, über ihren Rücken fahren. Wohlig ließ sie es sich gefallen. Verlangte nach mehr und mehr und mehr. Ohne daß ich mich lange bitten ließ.

»Achtung, Explosionsgefahr!« warnte sie mich, als ich unendlich langsam und zart mit meinen Fingerkuppen über ihre sanften Rosenhügel zu spazieren begann. Die Knospen reckten sich wie unter den wärmenden Strahlen der Morgensonne.

»Du mußt wissen, daß Du der erste Mann in meinem Leben bist, der so etwas Schönes mit mir macht. Ja, Du bist so vieles, soviel 'der erste Mann'. Der erste, den ich wirklich liebe. Der erste, der zärtlich ist. Der erste, der mich in der Badewanne sieht. Der erste, der meinen Rücken streichelt. Und der erste überhaupt seit Frankfurt, seit meiner ausgeflippten Revoluzzerzeit. Laß mir viel Zeit, viel Zeit es auszukosten – und Zeit, eine richtige Frau zu werden.«

Mit einem verheißungsvollen Augenaufschlag bat sie mich, ganz nahe an sie heranzukommen. Sie wolle mir etwas ins Ohr flüstern, was sie mir nicht laut zu sagen getraue.

»Es ist wahrscheinlich etwas ganz Schlimmes. Etwas, was mich ganz fürchterlich verlegen macht. Du darfst aber nicht darüber lachen, und Du brauchst es auch gar nicht zu tun, wenn Du es nicht magst!«

Überaus neugierig beugte ich mich zu ihr hinunter, auf alles Mögliche gefaßt.

»Bitte, bitte«, hauchte sie mir mit heißem Atem ins Ohr, »streichle und massiere mir meine Füße. Ich habe das so wahnsinnig gern. Ich bin ganz verrückt danach. Oder ist das pervers?«

»Statt einer Antwort gab ich ihr einen Kuß auf die Nasenspitze und machte mich dann flugs an die reizvolle Arbeit. Es war mir ein wohliges Vergnügen. Ein Hochgenuß, sie wie in einer tiefen Meditation der Lust versinken zu sehen. Welch' ein Spaß, sie zu verwöhnen. Ich sparte nicht mit Badegel und ließ nicht einen Zeh, nicht eine Falte, keinen Zentimeter aus. Minute um Minute fiel sie tiefer in Trance und Verzückung. Immer wieder mußte sie mit warmem Badewasser »löschen«, um dann von neuem diese Reize in sich hineinfließen zu lassen.

Als ich dann noch mit der Zunge zwischen die Zehen fuhr, da wirbelte sie hoch ins Nirwana. Das war kein frenetischer, ekstatischer Orgasmus, sondern eine Art Implosion, wie sie mir später atemlos zu erklären versuchte.

»Es ist, als ob du ganz durch dich hindurch gehst, in einem einzigen Tanz dahinschwebst. Wir nannten es das 'Spiel der Unschuld', Immel und ich. Wir verzauberten uns gegenseitig. Ließen uns immer tiefer in andere Bewußtseinsschichten hinabgleiten. Du gehst hindurch durch viele farbige Wände, durch Schleier ins Land unendlicher Phantasien und erlebst wahrscheinlich so etwas wie einen kreativen Orgasmus, ein Rauscherlebnis, wie es andere wohl mit LSD oder Hasch zu erfahren suchen.

Das war ein Fest, das wir uns immer mal wieder geschenkt haben. Wir beiden Mädchen in unserer femininen Abgeschiedenheit. Möge es Immel doch so empfunden haben wie ich eben. Aber die Wanderung ist einfach anders, wenn ein Mann solche Sinnestaumel entfesselt. Die Schleier beginnen zu wehen, sie bewegen sich in lasziven Zuckungen, und irgendwann bin auch ich nur ein tanzender Schleier, ich wechsele ständig die Farben und zuletzt erfaßt mich ein Sturm und reißt mich in einem Wirbelsturm empor – zu einem erotischen Bacchanal.«

Als sie mir diese intimen Geständnisse offenbarte, waren bereits Stunden vergangen. Denn es dauerte eine ganze Weile, bis dieses vom Strudel ihrer Sinnlichkeit mitgerissene Frauenzimmer wieder von ihrer Reise zurück war. Ein Spiel der Unschuld schien es mir ganz und gar nicht. Zudem sind solche Abstecher in die Alphazonen unserer Seele alles andere als ungefährlich.

Als ich merkte, was ich da angerichtet hatte, bekam ich es mit der Angst zu tun. Ich kannte ja Madlon viel zu wenig, wußte nichts über eine mögliche Kreislauflabilität, hatte sie nie in solchen Extremsituationen erlebt. Langsam ließ ich heißes Wasser nachströmen, damit sie sich nicht verkühlte.

Ich packte sie fest an ihren Schultern und schüttelte sie. Aber sie lächelte mich nur an und sagte, es sei alles in Ordnung, und sie fühle sich so gut wie noch nie.

Wie lange ich diese Tortur noch durchstehen konnte, diese vor Sinnlichkeit verklärte Aphrodite direkt vor mir mit den Augen zu streicheln und ihre Haut zu fühlen. Wie hatte sie diese herrlichen Brüste vor mir verstecken können, daß sie mich nicht schon früher zu höchster Begehrlichkeit aufgepeitscht hatten? Wie kam es überhaupt, daß mir Madlon nie zuvor als lockendes Weib erschienen war? Daß ich auf die sexuellen Reize ihres Körpers, auf ihre Beine, ihren sinnlichen Mund nicht geachtet hatte? Als Annemarie war sie mir überaus lieblich erschienen, aber nie als Ziel männlicher Begierden.

Ich mußte diese meine Fragen halblaut vor mich hingesprochen haben, denn Madlon ging fast ohne Zögern darauf ein:

»Der Name schützt mich. Umgibt mich mit einer gewissen Aura. Eine Madlon von Drabenegg vernascht man nicht. Sie wird zu etwas Besonderem erhoben, ob sie nun will oder nicht. Erinnerst Du Dich? In T. sagte ich, ich könne mich sehr gut auf den Namen 'Annemarie'einlassen. Er sei kein Programm. Ich genoß das herrliche Gefühl, eine Freie zu sein, ein einfaches, unkompliziertes, ganz natürliches Mädchen. Nicht diese Madlon Freifrau von Drabenegg, hinter der man wohl stets eine hoheitliche Gestalt, eine immens kultivierte Dame vermutet, aber auch eine unnahbare Erscheinung. Unerreichbar für so laszive, sündhafte Gedanken, mit dieser Madlon auf einem ganz gewöhnlichen Sofa Liebe zu machen, sie nach Strich und Faden zu verführen, wonach sie sich mehr als tausendmal gesehnt hat.

Annemarie, die war endlich ihre Aura los. Das klang nach Heu, nach Scheune. Du hättest mich in T. in das Blütenbett der Maiwiesen werfen können. Ich hätte alles mit mir machen lassen. Hätte meine Lust gesucht, die lang entbehrte.

Ich hätte meinen Orgasmus in die freie Natur hinausschreien können, endlich, endlich. Oh, ich war damals geil. Als ich Dir sagte, ich wolle ein Kind, da wollte ich es gleich, zwischen Acker und Feldweg, in einem Meer von Löwenzahn und Hirtentäschel sollte es gezeugt werden. Der Donnerschlag verschloß mir damals meinen Mund. Ich erschrak und schluckte runter, daß ich dieses Kind natürlich nur von Dir empfangen wollte. Nur von Dir! Du hast das damals nicht verstanden, und ich wußte nicht, ob's wirklich nur der Donner war, der Dir das Ohr verschloß. Oder ob Du meinen Wunsch nicht hören wolltest.

Annemarie, das war der richtige Name für meine Flucht aus Madlons Gelöbnissen. Annemarie hätte sich hingegeben, hätte all das gemacht und mit sich machen lassen, was eine Madlon nie erleben wird und was die Madlon der heiligen Gottesmutter gegen die Hoffnung aufgeopfert hatte, daß Imogen gesund wird.

Aber Du hast Annemarie wie eine Märchenfee aufgenommen. Und es war mir klar, daß Du gar nicht anders konntest. Deine Blicke in Frankfurt, Deine sogar in der harten ideologischen Auseinandersetzung respektvollen Worte, Dein so spürbares Interesse an meiner Person, an meinem Leben. Das war so weit weg von jeder Aggression. Und Bumsen, das ist Aggression. Die linken Typen, die mich täglich mehrmals auf die ekelhaften Matratzen warfen, die suchten nicht nur ihre primitive, egoistische Lust. Sie wollten auch die Madlon von Drabenegg demütigen – und irgendwie suchte ich in meinem Masochismus genau das!

Ein Teufelsweib hast Du Dir eingehandelt, Hans! Fliehe, so lange Du noch fliehen kannst!«

Ich floh nicht. Ich zog den Stöpsel aus der Wanne. Der letzte Schleier von Schaum, der über ihrem schwarzen Vlies die heißen Blicke wehrte, gurgelte davon. Ich half ihr aus der Wanne. Trocknete sie ab. Nein, ich küßte sie ab, wo ich dem Frotteestoff jegliche Berührung eifersüchtig geneidet hätte – und Minuten später ergaben wir uns jedem Taumel unserer Sinne, den man sich denken kann.

War es jetzt Madlon, war es Annemarie, war es ein Teufelsweib – ich weiß es nicht. Es war nicht mehr das Spiel der Unschuld. Gemeinsam erklommen wir Höhen, gemeinsam tauchten wir in die Wellentäler, ließen uns tragen, hin und zurück, auf und ab, überließen uns den Urgewalten, den Gezeiten der erregenden Lust, bis uns eine mächtige Brandung ans Ufer warf, wo wir Arm in Arm einschliefen.....

.....Aufwachen...Aufwachen aus der wohligen Erschöpfung eines erotischen Reigens. Draußen war es Nacht geworden. Zeitlos driftete das Floß meiner Phantasie und Gefühle auf einem unendlichen Meer der Träume....ein Hafen öffnete sich...der Heimweg aus den bizarren Gefilden des Unbewußten in die Wirklichkeit schwemmte mich in eine verlockende Bucht...sie war umrahmt von Madlons Brüsten...ihrem atmenden Leib...ihrem schlummernden Schoß...überwuchert von den Schlingengewächsen ihrer schwach schimmernden Haare. Sie hatte ihre Arme um mich gelegt. Heiße Atemströme streichelten meinen Hals. Die kurzen, heftigen Rhythmen ließen noch immer erahnen, welch' ein Sturm des Verlangens uns erst vor kurzem hier aufs Land geworfen hatte. Um nichts hätte ich mich aus dieser innigen Umklammerung lösen wollen.

Immer wieder genoß ich das Erlebnis, die Augen zu schließen und dann nur diesen köstlichen Duft von Mädchenhaut einzuatmen und ihrem Atem zu lauschen..... dann die Augen langsam zu öffnen, um dort das vertraute, das lang, lang ersehnte Gesicht anzublicken. Als ob ich insgeheim immer noch von der Furcht besessen war, dieses Mädchen würde sich am Ende doch wieder als ein Phantom erweisen und ich könnte plötzlich wieder ins Leere schauen, wiederholte ich dieses Spiel viele, viele Male. Und immer wieder flatterte ein Bild von ihr tief in mein Inneres und legte sich zu den anderen, wie Herbstlaub sich auf einem Beet sammelt, um es vor dem Winterfrost zu schützen.

Schloß ich die Augen, so spürte ich deutlich, wie sich die Empfindsamkeit meiner Haut steigerte. Ja, sie gehorchte meinen begehrlichen Wünschen und ließ mich die wunderschöne Sensation spüren, genau jene Stellen zu sensibilsieren, an denen mich die Knospen ihrer Brüste berührten oder das Wäldchen auf dem Berge Ypsilon meine Schenkel kitzelte.

Immer wieder versank ich in kurze Träume, von einem Atoll in der Südsee, an dessen weißem, glitzernden Palmenstrand ich mein Boot auf den Sand geschoben hatte. Statt eines Baches mündete ein Strom wundersam duftender Lava ins Meer, ohne Zischen, ohne Brennen, nur mit sanft aufsteigenden, wohlriechenden Dämpfen. Türkisfarben ergoß er sich in das klare Wasser und bildete Korallen, wo er von kühlenden Wellen umspült wurde.

Ein Satz flog mich an, ich wußte nicht woher. Auch hatte ich Mühe, ihn festzuhalten:

»Dein Duft geht wie ein Frühling durch die Kissen...«

War er von mir? War's richtiger, den Sommer zu benennen, weil ich – eingebettet in die Muschel, die Madlon mit ihrem Körper formte – eher Sonnenglut und Hitze empfand?

»Dein Duft geht wie ein Sommer...« – da schob sich auch der Herbst dazwischen. Wie ein Herbst? So schnell? Ich erschrak. Es riß mich angstvoll in die Höhe. Nein, Herbst nicht und nicht Winter! Ich wollte den Frühling mit Madlon erleben, den Mai, um den ich einst beraubt worden war. Halblaut sprach ich noch einmal meinen Satz, wie ein trotziges Bekenntnis:

»Dein Duft geht wie ein Frühling durch die Kissen...«

Da antworte meine Geliebte mit ebenso leiser Stimme:

»Der Tag hat alle Träume mir zerrissen, –
du, winde wieder einen Kranz daraus!«

»Woher weißt Du, wie es weitergeht?« fragte ich die erwachende Freundin.

»Weil das von Rilke ist. Und weil mir diese Zeilen heute nachmittag immer wieder zu Bewußtsein kamen:

»Bist du so müd? Ich will dich leise leiten
aus diesem Lärm, der längst auch mich verdroß.
Wir werden wund im Zwange dieser Zeiten.
Schau, hinterm Wald, in dem wir schauernd schreiten,
harrt schon der Abend, wie ein helles Schloß.

Komm du mit mir. Es solls kein Morgen wissen,
Und Deiner Schönheit lauscht kein Licht im Haus...
Dein Duft geht wie ein Frühling durch die Kissen:
Der Tag hat alle Träume mir zerrissen, –
du, winde wieder einen Kranz daraus.

Madlon hatte diese Zeilen fast ohne jedes Stocken zitiert. Entschuldigte sich, weil sie mir eigentlich nicht dauernd mit Rilke auf die Nerven gehen wollte.

»Es ist eines der Gedichte, die mir so zu eigen sind, so nachvollziehbar, obwohl von einem Mann an eine Frau gerichtet.«

»Aber ich kannte das Gedicht nicht. Ich habe es wissentlich nie gelesen. Und es ist mir unerklärlich, wie sich plötzlich so eine Zeile in meinem Gehirn bildet. So aus dem Nichts, mitten in einem Traum!«

»Wundert es Dich wirklich? Verbindet sich nicht bei Liebenden die Seele auf wunderbare Weise? Fließt er nicht über und über? Ich öffne mich. Möchte meine Gedanken zu Deinen Gedanken machen. Du warst vorhin ein wenig enttäuscht, daß sich mein Wissen über Dein Bild so einfach erklärte, einfach als Indiskretion der kleinen Sophie. Aber eigentlich war es mir damals, als erzähle sie mir längst bekannte Dinge. Dein Bild war längst in mir!

Was schaust Du mich so ungläubig an?«

»Ich schaue nicht ungläubig. Ich muß Dich nur immer und immer wieder ansehen, und ich muß Dich immer und immer wieder berühren und küssen und Dich flehentlich bitten:

Geh' diesmal nicht wieder fort!«

Schweigend schüttelte sie den Kopf.

....

Diese unsere erste Hochzeitsnacht wird mir nie vergessen sein. Jahre der Sehnsucht fanden ihre Erfüllung in der Zärtlichkeit unserer Gedanken und Gefühle – Kopf an Kopf, Hand in Hand und Körper an Körper. Ob Madlon mir über den Rücken strich oder ob ich ihre ganz intime Landkarte der kleinen Leberflecke, ihrer Grübchen, ihres Nabels und anderer, tief versteckt blühender Regionen erforschte, ob wir, wie Gott uns schuf, in der Küche neben dem Herd standen, um uns einen Toast zu brutzeln oder am Kühlschrank einen Drink mixten, diese Reise zum Du hatte einen unvergleichlichen Höhepunkt erreicht.

Auch diese schönen begleitenden Erlebnisse haben ihre Orgasmen, erreichen die Gipfel vorstellbarer Lüste. Fast ein wenig bange fragt man sich: Kann es denn jemals noch schöner werden? Werden wir nicht alles, was danach kommt, am »damals« messen? Zudem rasten die Stunden dahin. Kaum war uns das kleine Chalet vertraut und zur Heimat unserer intimen Feste geworden, da mußten wir schon wieder packen.

Mußten wir auch jenes drohende, immer wieder vor uns hergeschobene UND JETZT mit einpacken. Brachen wir eine letzte blühende Rose aus dem Vorgärtchen, die den frühen Frösten entgangen war. Brachten wir den Schlüssel unseres Paradieses zurück. Starteten wir den Motor zu unserer gemeinsamen Heimfahrt.

Madlon setzte sich mit sichtlichem Vergnügen wieder ans Steuer ihres Wagens. Rückte des Spiegel wieder in ihre Position, den Fahrersitz in die ihr gewohnte Stellung, gab Gas und zeigte dem Motor, daß sie es wieder war, die ihn zu beherrschen verstand. Auch dies war eine ihr ganz eigene Art zu leben. Temperamentvoll, virtuos. Zeige mir, wie jemand Auto fährt, und ich sage dir, wer er ist.

Ja, da sprach noch sehr viel Ungeduld des Herzens heraus, viel Sucht nach Bewegen, nach Souveränität, nach Gestaltungswillen – und sie suchte wohl auch durch die hohe Aufmerksamkeit, die ihr flotter Fahrstil erforderte, tiefere Gedanken zu verscheuchen.

Gedanken, die sich auf die Dauer nicht verscheuchen ließen. Sie drangen mit jedem Kilometer deutlicher in den Raum. Bald konnte man nicht mehr durch sie hindurchblikken, vor allem nicht, als die Augen nicht mehr zu lohnenden Zielen, zu den weißen Berggipfeln, über den silbrigen Genfersee, auf das im Nebel schwimmende Schloß Chillon oder das protzende Montreux gelenkt wurden.

»Hans«, sagte sie schließlich, »ich bin noch nicht so weit...noch nicht so weit, um die Reise zum Wir anzutreten......«

».... das hat nichts mit Dir zu tun!« fügte sie hastig hinzu. »Ich habe mein Ich noch nicht gefunden. Laß mir Zeit. Vielleicht muß ich Dich sogar um viel Geduld bitten. Du wolltest mich auf dieser Reise zu meinem Ich begleiten. Ja, tue es. Ich brauche Dich so notwendig. Allein ginge ich verloren.«

Ich saß schweigend neben ihr. Schaute sie an. Ihre angespannte Art, weit vor sich hinzublicken. Ihr Gesicht, das ich noch vor wenigen Stunden mit heißen Küssen der Leidenschaft zugedeckt hatte. Den Mund, der noch vor kurzem diese katzenhaften Schreie der Lust ausgestoßen hatte. Jetzt kehrte Madlon zurück. Fast kam es mir vor, als sei sie wieder auf der Flucht. Als sei Raron so eine Art T. gewesen. Und sei das lastende Gelübde noch nicht erfüllt.

»Ich dränge Dich nicht. Meine Sehnsucht nach Deiner Nähe ist eines. Mein Respekt vor Deiner Persönlichkeit ein anderes. Und das geht jedenfalls vor. Du mußt nur wissen: Wenn ich Dich nicht bedränge, wenn ich Dein Freiheitsbedürfnis respektiere, dann ist das, weil ich Dich unendlich liebe. Daran darfst Du nie zweifeln. Und wann immer Du kommst, wann immer Du Zeit für mich hast, werde ich Dir eine neue Hochzeit ausrichten. So lange, bis Du mit mir die endgültige Reise zum Wir antreten willst.«

»Vielleicht kommt die Stunde schon bald. Vielleicht braucht es noch eine Weile!«

Bei diesen Worten lächelte sie schelmisch zu mir herüber.

»Du mußt nämlich wissen, daß ich Dir ganz ungeschützt begegnet bin.«

Ich begriff nicht sofort und stutzte wohl einen Augenblick sehr offensichtlich.

»Ich meine, daß ich seit jenen wilden Tagen in Frankfurt keine Pille mehr genommen habe, und daß ich es nicht übers Herz gebracht hätte, es jetzt zu tun. Mich schützen? Wovor? Vor einem Kind von Dir, das meine Sehnsucht wäre? – Nein, ich sehe da ein Gottesurteil drin. Habe ich in dieser wunderbaren Nacht ein Kind von Dir empfangen, dann wird so mein Weg vorgezeichnet. Werde ich nicht schwanger, so will der Herrgott, daß ich noch eine Weile meine Pflichten erfülle!«

»Nur die Pflichten? Ich würde Dir auch Freude an Deinem Beruf, am Reisen, am Ausbau Deiner selbstgeschaffenen Existenz gönnen. Doch, um ganz ehrlich zu sein, ich war mir voll bewußt, was letzte Nacht geschah. Ich sah es in Deinen Augen, spürte es an Deinem ganzen Leib. Glaubst Du, eine Frau könnte sich so voll hingeben, wenn sie nicht bereit wäre, wirklich zu empfangen?«

Madlon fuhr rechts raus auf einen Parkplatz, stellte den Motor ab, umarmte mich und weinte hemmungslos.

»Du, ich weine vor Freude, vor Glück, vor Fassungslosigkeit. Ich hatte doch Angst, es Dir zu sagen. Ich hatte immer gehofft, Du würdest mich fragen...und ich war zu feige, selbst darüber zu reden...Du würdest also...«

»Ja, selbstverständlich. Da gibt es doch gar keine Zweifel. Du – ich wußte doch, was wir tun! Ich wußte es – seit Jahren schon. Wenn es Dich wirklich gäbe, habe ich mir immer gesagt, dann und nur dann wollte ich Kinder haben.«

Mir war bewußt, wie kitschig diese Sätze wirken könnten. Sie flossen mir auch gar nicht leicht aus dem Mund. Wie aber sagt man solche Dinge, so, am Rande einer Autobahn, neben einer überquellenden Abfalltonne, ganz und gar unfeierlich? Als wäre es das Selbstverständlichste von der Welt?

Madlons Make-up war verschmiert. Zum ersten Mal bemerkte ich überhaupt, daß sie Make-up trug.

»Entschuldige«, sagte sie, als sie meine Überraschung spürte, »ich dachte heute morgen...weißt Du, diese Nacht ist nicht ganz spurlos an mir vorübergegangen. Und das braucht mir ja doch nicht jeder gleich am Gesicht anzusehen, was Du da alles mit mir angestellt hast!«

Es dauerte nicht lange, da bogen wir auf jene Autobahn ein, auf der ich noch vor knapp vier Wochen in einem nächtlichen Horrortrip dem Begräbnis meiner Imogen entgegengefahren war. Noch vor weniger als vier Wochen, das wurde mir jetzt erst wieder richtig bewußt, war für mich ein Leben zuendegegangen. Hatte ich zwischen eben diesen Ausfahrten, die jetzt an uns vorüberhuschten, den Text für eine Kranzschleife durchlitten. Und je mehr wir uns Frankfurt näherten, desto mächtiger fiel die eigentliche Gegenwart wieder über mich her – und ich wußte, daß es Madlon nicht anders über sich kommen spürte. Obschon sie jetzt auf keinerlei Geschwindigkeitsbegrenzung mehr Rücksicht zu nehmen brauchte, nahm sie das Tempo immer mehr zurück.

Am Gesicht sah ich ihr an, wie die Trauer über sie einfiel. Imogens Tod kehrte zurück. Die Lebenslust der letzten Stunden setzte einen krassen Kontrapunkt zu jenen Unausweichlichkeiten, die in Königstein auf sie lauerten.

Und noch ehe wir zum Hause fuhren, parkten wir am Friedhof und gingen schweigend zu Imogens Grab. Es war überschüttet von Blumen, als sei die Beerdigung erst gestern gewesen. Irgendjemand mußte jeden Tag gekommen sein und Imogen jeden Tag wieder einen neuen Freesienstrauß hingelegt haben.

Madlon stand lange vor dem so schmerzlich frischen Grab, vor dem Grab, das nicht zu welken schien. Das Leben, von dem man so tröstlich sagt, es gehe weiter, hier war es vom Tod besiegt. Es war, als habe es Worpswede nicht gegeben, nicht Paris, nicht Duino, nicht Montreux und erst recht nicht Raron. Als sei die Zeit stillgestanden, um Madlon dort abzuholen, wo sie vor drei Wochen aufgebrochen war.

»Was es so schwer macht, Hans, versteh' das bitte, ist, daß Immel sterben mußte, um uns unser Leben zu schenken. Ich weiß noch nicht, wie ich je darüber hinwegkommen werde.«

* * * * * * *

– XII –

Die Zukunft – ein Versuch

»Du mußt auch daran denken, was Immel gewollt hätte«, mahnte Mutter Irmelin ihre von Schmerz und Zerrissenheit gezeichnete Tochter. »Immel hätte nie gewollt, daß Du nun ein Leben in Trauer und Einsamkeit verbringst. Und besinne Dich einmal genau: daß Du, so lange Immel lebt, keine Freundschaft zu einem Mann beginnen wolltest, das war Dein Gelübde, und ich fand es sehr lieb von Dir. Aber Immel hat das nie von Dir gefordert!«

Wir saßen um den mir schon so vertrauten Tisch herum. Eine Familie, in die ich aufgenommen war, als sei ich nie ein Fremder gewesen. Eine Familie freilich, in der überaus sichtbar eine wichtige Person fehlte. Nein, sie fehlte nicht – sie saß unübersehbar mit am Tisch und sie würde uns ein Leben lang begleiten. Irgendwann, so beschloß ich in mir, wollte ich mich intensiv mit Imogen beschäftigen. Wollte ich viel von ihrem Leben und ihrer Art, mit ihrem Leben und Sterben fertigzuwerden, wissen. Mußte dies nicht auch ein Schlüssel zur Persönlichkeit ihrer Zwillingsschwester sein?

»Aber Madlon, wir haben doch Zeit! Die Monate und Jahre, die Du Deiner Schwester geschenkt hast, waren das Kostbarste, was Du ihr hast geben können!« Ich wollte ihrer Qual ein Ende machen. Ich wollte vor allem nicht, daß sie nun begann, sich selbst Vorwürfe darüber zu machen, daß sie mir jahrelang ausgewichen, daß sie vor mir geflohen war und sich unsichtbar gemacht hatte. Aber kann man das einem Menschen ersparen? Kann man ihn von seinem eigenen Richterstuhl wegzerren?

»Ich glaube heute, ich habe alles falsch gemacht. Ich glaube, Du hättest uns beide geliebt und Immel ganz sicher sehr glücklich gemacht. Aber ich habe das alles ganz anders gesehen...«

»..... und wahrscheinlich richtig. Sicher fühle ich mich auch heute noch und immer stärker, je mehr ich von ihr erfahre, zu Imogen hingezogen. Aber richtig lieben und vor allem heiraten hätte ich doch nur Dich können. Und stell' Dir vor, Immel hätte sich auch sehr zu mir hingezogen gefühlt, wieviel stärker hätte sie ihr Leid und ihre Krankheit empfinden müssen, hätte sie miterlebt, wie innig wir beide miteinander umgehen, hätte sie verkraften müssen, daß wir zusammen auf jene Reisen gegangen wären, die sie nur von ihrem Rollstuhl und aus Bildern und Prospekten erleben konnte. Nein, ich wollte, ich könnte diese Zeit des Wartens, die Wochen der Zweifel und der Ängste, die mich nach unserer Begegnung in T. geplagt haben, noch nachträglich Imogen zum Geschenk machen. Ich weiß jetzt, daß sie nicht nur notwendig waren, um etwas Schönes reifen zu lassen, sie waren auch das einzige, was ich – leider nur unbewußt – Deiner Schwester zu geben vermochte. Und ich könnte heute mein Glück mit Dir nicht genießen, müßte ich mir vorrechnen, wieviel Zeit ich ihr durch meine Anliegen genommen hätte!«

Mutter Irmelin hatte sich auf eine erstaunliche Art und Weise mit der Büro- und Verwaltungsarbeit vertraut gemacht. Nichts war unerledigt liegengeblieben. Die Korrespondenz war geordnet. Zwischenbescheide waren hinausgegangen. Eine neue THEMA-Reise stand an: »Geschichte des Alpinismus«.

Ich entwarf meine Vorstellungen darüber, die kaufmännische Abwicklung über mein Büro laufen zu lassen. Meine Gedanken über eine Beteiligung. Über die Mitnutzung unseres Computers und unserer Textverarbeitung – überspielt per Telefon.

So kam wieder Optimismus auf. Diese bewundernswerte alte Dame zeigte sich nicht nur interessiert an der modernen Bürotechnik. Sie meinte auch, daß sie dadurch, daß sie dies alles miterlebe, noch einmal wieder jung würde. Und vor allem wolle sie jetzt auch einmal eine THEMA-Reise miterleben. Ja, sie wolle in aller Form eine solche Reise bestellen und sich viel Gedanken darüber machen, was sie noch auf ihre alten Tage zu erleben trachte. Vielleicht zu den schönsten Orgeln Europas? Oder zu den schönsten Springbrunnen?

Oder zu den schönsten Parkanlagen? Nein – es sollte etwas mit viel Musik sein.

Die Zeit des Abschieds kam. Wieder und wieder ging ich mit Madlon die Straße auf und ab. Wir hatten uns noch soviel zu sagen. Soviel, das in den gemeinsamen Stunden ungesagt geblieben war. Der Schmerz der Trennung legte sich über uns. Die Nähe des anderen, seine Berührungen, seine Zärtlichkeiten erst einmal wieder für eine Weile missen zu sollen, jetzt, wo unsere Körper nacheinander schrieen, diese Vorstellung breitete sich wie ein schwerer, grauer Herbstnebel über uns.

Das UND JETZT hatte uns unentrinnbar eingeholt. Es galt, Stellung zu beziehen. Nicht mehr und nicht weniger war von uns verlangt, als eine neue Form des Zusammenlebens zu finden für eine großartige, selbständige, souveräne Frau und einen ebenso selbständigen, erfolgreichen Mann. Eine Form, die keinen von beiden an seiner persönlichen Entfaltung, an seiner Weiterentwicklung hindern würde – und die dennoch ein Band der innigen Liebe und Zärtlichkeit um sie schlingen sollte. Ein unzerreißbares Band. So wünschten wir es uns beide. Aber über diese Entfernung? Eine Wochenendehe also? Oder noch schlimmer, eine Von-Zeit-zu-Zeit-Ehe, wo es doch eher die Regel wäre, daß Madlon unterwegs wäre zu Recherchen oder als Reiseleiterin? Ich wußte nicht einmal, ob ich ganz heimlich, ganz in meinem Inneren wünschen sollte, daß unsere erste Hochzeitsnacht in Raron nicht folgenlos bliebe. Daß sie empfangen hätte – und der Herrgott auf diese Weise Regie in unserem Schicksal führe.

Wir vereinbarten, daß Madlon, sobald es irgendwie ging, nach München käme. Wir waren ja nicht aus der Welt. Ja, und daß wir uns immer auf dem Laufenden halten wollten, wann einer von uns wohin reisen und vielleicht auch, wo er wohnen würde.

»Wann immer Du irgendwo bist, vielleicht stehe ich an der Straßenecke. Vielleicht trete ich aus dem Dunkel heraus und umarme Dich. Vielleicht klopfe ich um Mitternacht an Deine Tür. Vielleicht sitze ich, wie in Chillon, auf einem Turm und habe auf Deine Wegen kleine Rosen gestreut. Du weißt, es wird nicht immer klappen. Wahrscheinlich selten genug. Aber Du steigst aus einem Zug und ich stehe dort und hole Dich ab. Oder Du betrittst Dein Hotel und ich sitze im Foyer. Und ich träume davon, daß ich von einer langen Besprechung mit einem Klienten komme, daß ich mein Zimmer betrete und es aus dem Badezimmer plätschern höre, weil Du in der Wanne liegst und eine liebevolle Fußmassage brauchst. Wo immer ich in einem Hotel absteigen werde, wird es mir zur Regel werden, daß ich dem Portier ausdrücklich Schlüsselgewalt für Dich erteile. Oh, Madlon, es wird hundert, vielleicht tausend solche unerwarteten, sehnlichst herbeigeträumten Begegnungen geben, und immer wieder Hochzeitsnächte. Immer wieder wirst Du mir ein Gottesgeschenk sein...«

»...bis dann irgendwann ein Dritter mahnt, das Vagabundenleben zumindest für eine längere Zeit aufzugeben. Du weißt, was das für mich bedeutet, und doch sage ich Dir: Nie werde ich das zu verhindern suchen. Vielleicht ist es ja schon so weit. Wer weiß!«

»Und wir werden auch dann einen Weg finden, um euer wunderschönes Unternehmen weiterzuführen. Vielleicht finden wir eine Partnerin für Dich. Jemanden, den Du frühzeitig anlernst. Jemanden, der Dich zumindest zeitweise ergänzt. Vielleicht auch mal für länger. Denn Du weißt ja, daß Du seit Frankfurt und von heute an drängender denn je die eine THEMA-Reise in Deinem Auftragsbüchlein stehen hast:

»M a d l o n«!

Die Reise zu Deinem Ich. Dieses zauberhafte Wesen möchte ich noch viel tiefer ergründen und erforschen als jeden Rilke, Mozart oder Joseph Haydn.«

»Ich fürchte, hier mußt Du die Recherchen übernehmen. Und ich warne Dich vor diesem Abenteuer. Vielleicht mußt Du in einen unergründlichen Hades hinabsteigen. Vielleicht mußt Du Dich durch dunkle Verliese wagen und mit Schlangen und Drachen kämpfen. Vielleicht wirst Du von der Hexe Madlon mit Haut und Haaren gefressen. Wer weiß, vielleicht wirst Du vor ihrer Gier die Flucht ergreifen, vielleicht in ihren Küssen ertrinken! Vielleicht explodierst Du in einem orgasmischen Vulkan?«

Wieder und wieder umarmten wir uns. Längst war es dunkel geworden. Aber was machte das schon aus?

Irgendwann saß ich dann wieder in meinem eigenen Wagen. Fuhr wieder hinaus in die geschäftige Welt. Aber diesmal begleitet von jenem schönsten aller Gefühle: Geliebt zu werden – und zu lieben! Beschwingt stellte ich mein Autoradio ein. Aber aggressiver Rock wollte so gar nicht zu meiner Stimmung passen. So schob ich die Kassette in den Recorder, die gerade noch so halb darinsteckte. Und ich hätte nicht besser wählen können. Heiter und gelöst erklang da der 3.Satz jenes Klavierkonzertes in G-Dur von Mozart, meines Schicksalskonzertes, dessen 2. Satz mir damals, auf dem schweren Weg nach Königstein, etwas Kraft zu geben vermocht hatte. Welch' eine Musik, wieviel Freude und Hoffnung sprach daraus! Und ich wußte, Madlon und mir würde eine wunderbare Zeit geschenkt werden.

PS: Eigentlich wollte ich an dieser Stelle meinen Bericht abschließen. Unser Leben liegt ja noch vor uns. Aber ich mußte doch sehr schmunzeln, als ich am nächsten Tag den Kram aus meinem Kofferraum herauftragen ließ. Madlon hatte mir einige Akten mitgegeben. Auf einer stand mit akkurater Jungmädchenschrift der Titel »Staatsbürgerkunde«. Was ich nun damit sollte, wußte ich beim besten Willen nicht. So blätterte ich – nicht ganz ohne die Gefühle eines Voyeurs – die ersten Seiten auf und war nun allerdings sehr überrascht. Denn anstelle artiger Mitschriften über das Grundgesetz, über Bundespräsidenten und Petitionsrecht fand ich unter dem Deckblatt die Seiten einer höchstpersönlichen Kladde, auf deren erster Seite mit fahrigen Krakeln geschrieben stand:

»Ich hasse Dich. Du Scheusal! Keiner hat es je gewagt, mir so ins Gesicht zu schauen.«

Das »hasse« war mehrfach durchgestrichen und wieder unterpunktet worden. Aber auch die Punkte waren wieder mit rotem Kugelschreiber durchstrichen. Über »hasse« war »liebe« geschrieben – und wieder zerkratzt worden. Kämpfe hatten sich auf diesem karierten Heftblatt abgespielt. Und dann las ich den ersten Brief, den Madlon damals, offenbar noch am Abend der Revoluzzerdiskussion, an mich verfaßt hatte. Und ich las all die anderen, die wunderbaren, die verzweifelten, die mit Tränen verwischten, die von Schmerz getränkten und von Sehnsucht diktierten Briefe. Die Briefe, die nie an mich abgeschickt worden waren. Und ich las und las, wollte die Mappe immer wieder weglegen, um an meine längst fällige Arbeit zu gehen. Aber Madlons Brieftagebuch zog mich an wie ein Rauschmittel. Vielleicht darf ich einmal mehr darüber verraten.

* * * * * * * * *

* * * * * *

* * *

*